CÓMO SEDUCIR A UN MILLONARIO

ROBYN GRADY

HARLEQUIN™

Editado por Harlequin Ibérica.
Una división de HarperCollins Ibérica, S.A.
Núñez de Balboa, 56
28001 Madrid

I.S.B.N.: 978-84-687-7631-6
Depósito legal: M-39153-2015
Impresión en CPI (Barcelona)
Fecha impresion para Argentina: 15.8.16
Distribuidor exclusivo para España: LOGISTA
Distribuidores para México: CODIPLYRSA y Despacho Flores
Distribuidores para Argentina: Interior, DGP, S.A. Alvarado 2118.
Cap. Fed./Buenos Aires y Gran Buenos Aires, VACCARO HNOS.

Capítulo Uno

Becca siempre había admirado la figura de Robin Hood. Pero el hombre que en aquellos momentos arrojaba una flecha que impactaba en el centro de la diana no era precisamente su prototipo de héroe moderno.

Jack Reed no era Robin Hood. Era lo contrario de todo lo que ella defendía. De cada cosa en la que creía. Las personas deberían ayudar e incluso sacrificarse por los que necesitaban ayuda. Algunos confundían aquel grado de compasión con debilidad, pero Becca estaba muy lejos de ser una presa fácil.

Reed bajó el arco y miró a su invitada. Llevaba un carcaj colgado a la espalda, vaqueros y una camisa blanca remangada. Era un hombre de innegable atractivo físico, pero su sonrisa era tan engreída que Becca sintió ganas de borrársela de una bofetada. Y quizá lo hubiera hecho si pensara que serviría de algo.

Jack Reed poseía una casa en su Cheyenne natal, en el Estado de Wyoming, además de dos residencias en Los Ángeles: un ático de lujo en un rascacielos del centro y la espectacular mansión en Beverly Hills a la que Becca había ido a verlo. Echó a andar hacia ella sobre un césped impecable. Se esperaba su visita, pero no iba a gustarle nada lo que Becca tenía que decirle.

–Becca Stevens, directora de la Fundación Benéfica Lassiter –se presentó, y señaló la diana con la cabeza–. Justo en el centro… Impresionante.

–Practiqué el tiro con arco en la universidad –repuso él con una voz profunda y varonil, casi hipnótica–. Intento practicar un poco cada semana.

–Imagino que no tendrá mucho tiempo libre, con una agenda tan apretada –dedicarse a desmantelar empresas y amasar ganancias debía de ser una ocupación muy exigente–. Le agradezco que me haya recibido.

Su anfitrión agrandó la sonrisa, obviamente destinada a desarmar a sus oponentes.

–Los amigos de J.D. son mis amigos.

–Si J.D. estuviera vivo no creo que lo considerara su amigo en estas circunstancias.

–¿Directa a la yugular, señorita Stevens? –preguntó él sin perder la sonrisa. Siendo un tiburón de las finanzas sin duda estaría acostumbrado a que le hablaran sin tapujos.

–Pensé que querría ir al grano.

–Solo quiero ayudar a Angelica Lassiter a recuperar lo que le corresponde por derecho.

Becca soltó una fría carcajada y suspiró.

–Lo siento. Es que la idea de que alguien como usted se sacrifique por los demás me parece…

–Angelica era la única hija de J.D. –la interrumpió él, endureciendo la expresión.

–Se olvida de Sage y Dylan.

–Ellos son los sobrinos huérfanos de Ellie Lassiter, adoptados después de que los médicos les dijeran a Ellie y a J.D. que...

–Conozco la historia, Jack.

–Entonces también sabrás que Angelica era la favorita de J.D., su carne y su sangre, y que él le había confiado la dirección de Lassiter Media los meses anteriores a su muerte. No tiene sentido que en su testamento tan solo le dejara un ridículo diez por ciento de las acciones mientras que la mayoría de los derechos de voto pasan al exnovio de Angelica –hizo una pausa–, por mucho que J.D. hubiera elegido a Evan McCain para su hija...

–J.D. quería a Evan como yerno y nadie duda de su talento para los negocios –Jack Reed echó a andar hacia la diana y ella lo siguió–. Pero Angelica confiaba en Evan. Estaban enamorados.

–Traicionada por el hombre con el que iba a casarse... Trágico, ¿verdad?

–Evan no tenía nada que ver con el testamento de J.D.

–Puede que sí, puede que no. En cualquier caso, nada le impedía a Evan devolverle a Angelica lo que le correspondía. Podría haber hecho lo que se esperaba de él –torció el gesto–. Sinceramente, no sé cómo puede dormir por las noches.

Una imagen apareció de repente ante los ojos de

Becca… Jack Reed desnudo en la cama, con las manos detrás de la cabeza y un brillo de lujuria en sus penetrantes ojos negros. Sintió un hormigueo por todo el cuerpo y se le aceleró el corazón.

Si la mitad de lo que publicaba la prensa amarilla era cierto, no se podían contar las mujeres que habían sucumbido a la embriagadora fuerza varonil que Becca sentía que emanaba de él en aquellos momentos. El efecto era irresistiblemente seductor, y en el caso de Becca tan apreciado como un chorro de agua hirviendo sobre una quemadura de tercer grado.

Intentó mantener la concentración mientras seguían caminando.

–He venido para rogarte que muestres algo de decencia, por respeto a la memoria de J.D. No te metas en esto. Angelica se quedó destrozada por la muerte de su padre y no está en condiciones de relacionarse con gente como tú.

–No subestimes a Angelica… Es más fuerte de lo que crees.

–En estos momentos está desesperada.

Él se echó a reír.

–No te gusta andarte por las ramas, ¿verdad?

–Se rumorea que estás interesado en Lassiter Media y todo el mundo se está preparando para una OPA hostil. Los donativos a la fundación están cayendo en picado y los beneficiarios empiezan a buscar otras opciones. ¿Sabes por qué?

–Estoy seguro de que vas a decírmelo.

Desde luego que iba a decírselo…

–El nombre de Jack Reed se asocia con la clase de problemas que cualquier persona en su sano juicio querría evitar a toda costa.

Él pestañeó lentamente y sonrió como si le agradara aquella descripción.

–Si Angelica quiere mi ayuda, se la daré.

–Fuiste tú quien la buscó, no al revés –le recordó ella.

–¿Y qué?

A Becca le latía furiosamente el corazón. Nadie quería tener a Jack Reed como enemigo, pero ella tenía que defender sus principios. No podía permitirse perder aquella batalla. Y además, se había enfrentado a situaciones peores que aquella y había sobrevivido.

–Sé lo que estás tramando, aunque Angelica no pueda o no quiera ver la verdad. Cuando te hayas aprovechado de ella para conseguir el control mayoritario de la empresa, le dispararás la próxima flecha a la espalda y venderás las acciones de Lassiter Media igual que has hecho con todas las empresas que has adquirido.

–Así que soy el malo de la película, ¿no?

–En serio, ¿cuánto dinero necesita una persona? ¿Vale la pena traicionar la memoria de tu amigo y a la familia de J.D.?

–Esto no es por dinero.

–Contigo siempre es por dinero.

Jack apretó la mandíbula mientras arrancaba la flecha de la diana.

–Entiendo tu posición, pero Angelica y yo vamos

a seguir adelante con esto… Y te aseguro que vamos a ganar –añadió con dureza.

Becca desvió la atención de la implacable advertencia que expresaban sus penetrantes ojos negros a las plumas rojas de la flecha, el astil y la punta letal. Entonces pensó en la falta de empatía de aquel hombre y su obsesión por acaparar riquezas. ¿Cómo era posible que un cuerpo tan fabuloso albergara un alma tan depravada? ¿Cómo podía Jack Reed vivir en paz consigo mismo?

Le arrebató la flecha de la mano, la partió en dos con la rodilla y se alejó velozmente y sin mirar atrás.

Jack no pudo reprimir una sonrisa al observar el espectacular trasero de Becca mientras se alejaba a grandes zancadas.

El instinto le había advertido que se la quitara de encima cuando llamó a su oficina para solicitar un encuentro. Cuando Jack se fijaba un objetivo se comprometía al doscientos por ciento. Nada ni nadie podía apartarlo de su propósito, por mucho que en algunos círculos se describiera su empeño como patológico.

Los mismos círculos insinuarían que sus motivos para recibir a Becca no eran exactamente desinteresados y que con toda probabilidad se valdría de su posición en aquel asunto de los Lassiter para sacar provecho personal.

Becca desapareció de su vista y Jack volvió a sonreír.

Menuda mujer…

Su teléfono móvil empezó a sonar. Miró la pantalla y apartó con el pie la flecha partida antes de responder.

—Logan, ¿qué pasa?

—Solo quería asegurarme de que todo sigue su curso.

Logan Whittaker procedía de una familia humilde y había trabajado muy duro para labrarse una próspera carrera como abogado. Como socio del bufete Drake, Alcott and Whittaker en Cheyenne, Wyoming, se había ocupado de los asuntos de J.D. Lassiter, incluido el cumplimiento de su última voluntad. El testamento había supuesto serios desafíos para Logan, pero también le había brindado una recompensa inesperada al permitirle encontrar a su futura esposa.

—Esta mañana he vuelto a hablar con Angelica Lassiter. Sigue decidida a llegar hasta el final.

—¿Estás seguro? Le he repetido mil veces a Angelica que el testamento es inimpugnable. J.D. estaba en su sano juicio cuando redactó las cláusulas. Evan McCain seguirá como presidente de Lassiter Media por mucho que Angelica quiera plantar batalla. Creía que estaba entrando en razón.

Jack retrocedió hacia la línea de tiro.

—Tiene dudas, como es lógico. Su padre ejerció una enorme influencia en su vida y para ella es muy duro desatender su última voluntad. Pero Angelica lo ha dado todo por esa empresa. Es tan testaruda como J.D. y tiene el mismo talento para los negocios.

–¿Hasta cuándo piensas seguir presionándola?

–Hasta que sea necesario. Las instrucciones eran muy estrictas.

–Ya lo sé, maldita sea. Pero todo esto me deja un amargo sabor de boca.

–Nadie dijo que fuera a gustarte.

–Eres un hijo de perra, ¿lo sabías?

–Y eso me lo dice un abogado mercantilista…

–¿Cómo ha ido tu cita con Becca Stevens?

–Tal vez dirija la Fundación Lassiter, pero no es la madre Teresa de Calcuta –respondió Jack mientras sacaba una flecha del carcaj–. Se puso sus guantes de boxeo y me dijo que no me metiera en esto.

–¿La has echado de tu propiedad?

Jack se sujetó el móvil entre la oreja y el hombro y colocó la flecha en el arco mientras recordaba el fuego que ardía en los bonitos ojos verdes de Becca Stevens.

–La habría invitado a comer si no pensara que intentaría clavarme un cuchillo.

–¿Será un problema?

–Eso espero.

Logan soltó un gemido.

–Por Dios, Jack. ¡Dime que no estás pensando en seducirla!

–No eres el más apropiado para darme lecciones –cuando J.D. dejó cinco millones de dólares en herencia a una mujer desconocida, Logan se había encargado de encontrarla, seducirla y llevársela a la cama.

10

—No voy a negarlo, pero yo me enamoré de Hannah Armstrong y me casé con ella. Presentaré mi dimisión el día que el matrimonio se te pase por la cabeza.

Jack se echó a reír, terminó la llamada y volvió a ocupar la posición tras la línea de tiro. Tensó el arco y apuntó mientras pensaba en Becca Stevens, la inconfundible malicia de sus ojos y la convicción de sus palabras. Entonces se la imaginó en sus brazos, en el sabor de su piel suave y perfumada y en sus gemidos de placer mientras él la penetraba con una pasión salvaje.

Lanzó la flecha y se colocó la mano a modo de visera. ¿Cuándo fue la última vez que erró un tiro? La flecha había pasado volando dos metros por encima de la diana.

—Becca, tengo que preguntarte algo —le dijo Felicity Sinclair en voz baja y con un brillo en sus ojos azules mientras acercaba su silla a la mesa.

—¿Tiene algo que ver con Lassiter Media?

Fee acababa de ascender a vicepresidenta de relaciones públicas y estaba rebosante de ideas y proyectos. Desde que Becca se hacía cargo de la Fundación Lassiter, las dos habían colaborado estrechamente y se habían hecho muy buenas amigas.

—Tiene que ver con Chance Lassiter —dijo Fee, colocándose el pelo rubio detrás de la oreja.

—Querrás decir tu novio…

Fee alargó el brazo sobre la mesa para apretarle la mano, haciendo destellar el diamante que llevaba en el dedo.

–Ya sabes todo lo que tuve que pasar el mes pasado. La verdad es que me siento un poco extraña en Cheyenne. Me encantaba vivir en Los Ángeles...

–Bueno, ahora estás aquí. Simplemente tendrás que venir de visita más a menudo –Becca le apretó la mano–. ¿Lo prometes?

–Si tú prometes venir a visitarnos al Big Blue.

–Llevaré mi sombrero Stetson...

Chance Lassiter era hijo del multimillonario Charles Lassiter, el difunto hermano menor del también fallecido J.D. Lassiter. Chance se había ocupado del Big Blue, el rancho de ganado famoso de todo el mundo. J.D. se lo había dejado en herencia y era lo más importante en la vida de Chance... después de su novia, naturalmente.

–Estoy deseando que llegue el día de la boda... Y lo que quería preguntarte, Becca, es si estarías dispuesta a ser mi dama de honor.

A Becca le escocieron los ojos por la emoción. Fee sería una novia fabulosa, y con su talento para organizar grandes eventos la ceremonia sería espectacular. No podía evitar un poco de envidia...

Entre sus prioridades no se contaban casarse y formar una familia, aunque tenía la esperanza de que algún día conocería a su hombre perfecto: un alma buena, generosa y altruista. Pero de momento concentraba todas sus energías en salvar la fundación de la tormenta que había provocado la inesperada muerte de J.D.

–Para mí sería un honor, Fee –le dijo a su amiga, abrazándola.

Las dos se pasaron un buen rato hablando de vestidos y flores, hasta que la conversación giró a un tema mucho menos agradable.

–¿Has hablado ya con Jack Reed? –le preguntó Fee cuando llegaron los cafés.

Becca asintió. De repente sentía náuseas.

–Tiene un campo de tiro en su jardín de Beverly Hills.

Fee hizo una mueca.

–Un Robin Hood como los que a ti te gustan…

–¿Estás de broma? Le expliqué cómo está afectando su relación con Angelica a Lassiter Media y a la fundación. Muchos de los donativos proceden de los fondos Lassiter, pero otros benefactores nos están dando la espalda por culpa de los rumores de una OPA por parte de Reed.

–Su reputación lo precede.

–Es el tiburón más despiadado que hay en todo el país. Si tuviera ocasión no perdería un segundo en desmontar la empresa y venderla. Le importa un bledo la fundación –el estómago le dio un vuelco–. Es una lacra para la humanidad.

–Pero tiene carisma, ¿verdad? –comentó Fee, llevándose la taza a los labios.

–Todo el carisma que puede tener una serpiente.

–Y arrebatadoramente atractivo…

Becca soltó un bufido.

–Desde luego. Como Jay Gatsby.

–Gatsby era guapísimo.

–Gatsby era granuja.

–Admítelo, Jack Reed está como un queso.

A Becca le dio otro vuelco el estómago.

–Siempre he creído que el poder debe emplearse para hacer el bien y ayudar a los más desfavorecidos.

–Pues te deseo suerte si piensas convencer a Reed de eso.

–La avaricia es una enfermedad –dijo Becca, estremeciéndose. Llamó a la camarera y le señaló el menú–. Un *brownie* con caramelo, por favor.

Fee miró a su amiga con curiosidad.

–¿Desde cuándo tienes antojo de dulce?

–En la escuela siempre fue la chica gordita que intentaba escaquearse de la clase de la gimnasia. Cada vez que me sentía mal me atiborraba de pasteles o caramelos –hasta que se unió al Cuerpo de Paz y su vida dio un vuelco radical.

Fee bajó su taza y la observó.

–Pues estás hecha una modelo…

–Ya no sucumbo con tanta frecuencia al antojo de dulces, tranquila –dijo Becca mientras la camarera le servía el *brownie*–. Cabré sin problemas en el vestido de dama de honor.

–Me da igual si usas una talla treinta y seis o una cincuenta –Fee tenía un físico impresionante, pero nunca juzgaba a las personas por su aspecto–. Lo que no soporto es verte tan inquieta.

Becca atacó el *brownie* y suspiró de placer cuando el chocolate se deshizo en su lengua.

–Creo en la fundación –dijo, lamiéndose el caramelo del pulgar–. Creo en la labor que lleva a cabo. ¿Sabes cuánto hemos ayudado a las personas sin hogar, a los damnificados, a los refugiados…?

Empujó el plato hacia Fee y su amiga tomó un pedacito.

–Tu equipo hace un trabajo increíble.

–Y todos quieren seguir haciéndolo.

–Por desgracia, no es tu empresa –dijo Fee con una mueca.

Lassiter Media se encontraba en el centro del conflicto entre dos personas, Evan y Angelica, que habían pasado de ser novios a punto de casarse a convertirse en enemigos.

–Es imposible que J.D. quisiera este cisma en la familia cuando redactó su testamento.

–No me explico cómo pudo dejarle tan poca cosa a Angelica, viendo lo unidos que estaban y lo mucho que ella se desvivió por la empresa –añadió Fee–. No tiene ningún sentido.

Becca se llevó otro pedazo de *brownie* a la boca.

–J.D. era un hombre muy listo –reflexionó mientras masticaba–. Un buen hombre con un gran corazón. La Fundación Lassiter no era un simple medio para evadir impuestos. Significaba tanto para él que por fuerza debía tener una buena razón para repartir su herencia como lo hizo.

–Debía de saber que Angelica se rebelaría.

–Hasta sus hermanos le han dado la espalda, y eso que al principio apoyaban su decisión de impugnar el testamento. Se ha quedado sola.

–Salvo por Jack Reed, el Carnicero.

–Espero que Angelica desista en su empeño antes de provocar más daños a la familia, la empresa y la fundación.

–No te hagas ilusiones, mientras Jack Reed siga azuzándola.

Becca pensó en Jack, tan arrogante, sexy e implacable, con un carcaj colgado a la espalda, y gimió por lo bajo.

–Al final todo vuelve a Jack.

–No has acabado con él, ¿verdad?

–No puedo abandonar –declaró Becca, apartando el plato–. No está en mi naturaleza.

Fee suspiró.

–El problema es que tampoco está en la naturaleza de Jack Reed…

Capítulo Dos

Jack esperó hasta el fin de semana antes de ceder. Sacó un esmoquin del armario y consiguió una entrada para el baile benéfico de la Fundación Lassiter. Cuando llegó, el presentador había acabado el discurso, se habían servido los postres y la música sonaba en el salón de baile, animando a que las parejas danzaran bajo una espectacular araña de Swarovski. Se dirigió hacia las mesas de las personalidades y vio la sorpresa reflejada en el rostro de Becca al reconocerlo. Llevaba el pelo suelto y estilosamente despeinado cayéndole sobre los hombros, sin pendientes ni colgantes, sentada con la espalda muy recta y luciendo un vestido blanco sin tirantes que realzaba sus sugerentes curvas. Una imagen seductora e inocente. Jack se detuvo a su lado y ella lo miró con una ceja arqueada.

–¿Te has dado cuenta?

–¿De que estás preciosa esta noche?

La mirada entornada de Becca le advirtió que no intentase coquetear con ella.

–Todo el mundo ha dejado de hablar, e incluso de respirar, cuando has entrado. Nadie esperaba verte en una recaudación benéfica.

—Te sorprendería saber que también yo participo en obras de caridad.

—¿La Fundación Jack Reed para la autocomplacencia crónica?

Él esbozó una media sonrisa.

—¿Nunca te han dicho que eres adorable?

—Aún no has visto nada.

La otra pareja sentada a la mesa estaba sumida en una conversación. Tal vez los invitados se hubieran quedado atónitos al verlo aparecer, pero pasado el desconcierto inicial todos volvían a sus asuntos.

Jack se sentó en la silla vacía junto a Becca.

—Mis donaciones siempre son anónimas.

Becca tomó un sorbo de agua.

—Muy oportuno.

—Tu trabajo es dar a conocer esta fundación. Cuanto mayor sea la publicidad, mayor es la recaudación de fondos —las luces se atenuaron en la pista de baile y Jack se acercó más para aspirar el perfume de Becca. Era una fragancia suave y sutil a manzana roja, irresistiblemente femenina y sexy—. Pero si tuvieras tanto dinero como yo, ¿irías por ahí proclamando lo generosa que eres?

—Yo jamás tendré tanto dinero como tú, ni tampoco lo necesito. No me parezco en nada a ti —él bajó la mirada a sus labios y ella frunció el ceño antes de levantarse—. Ni se te ocurra.

No podía negar que se sentía atraído por Becca Stevens. Quería probar aquellos labios e invitarla a avivar la llama. Y si no se equivocaba, y Jack rara vez se equivocaba, una parte de ella deseaba lo mismo.

–¿Tan transparente soy? –le preguntó, levantándose también él.

–Eres un libro abierto.

–Para algunas cosas.

–¿Quieres que te haga una lista?

Jack se cruzó de brazos mientras los camareros servían café.

–Adelante.

–Tienes una sed insaciable de riqueza, mejor dicho, de poder. Te gustan los juguetes caros: aviones, yates y coches de lujo. Disfrutas con la compañía de mujeres despampanantes, cuantas más mejor. Y, por encima de todo, te encanta mandar. Ser el rey de tu maléfico castillo.

Jack frunció el ceño.

–Me gusta ser el jefe –admitió–. Como a todos los presidentes y directores, incluido J.D.

–Lo siento, pero no estás a la altura de J.D.

–No creo que él estuviera de acuerdo…

Ella lo miró como si se compadeciera de él.

–Está claro que la modestia no es tu punto fuerte.

–¿Por qué no pruebas a descubrir cuál es mi punto fuerte?

–Para ser un tipo tan listo dejas mucho que desear.

Salió del salón de baile y Jack la siguió hasta el balcón, donde ella se detuvo junto a la barandilla para contemplar la vista de la ciudad iluminada. Una suave brisa le agitaba el vestido vaporosamente.

Él se acercó y ella le lanzó una mirada asesina.

–¿No sabes captar una indirecta?

–Olvídate de las indirectas –repuso él–. Querías que te siguiera, pero ahora no sabes cómo manejar la situación.

Ella se giró para encararlo.

–Mi trabajo en la fundación lo es todo para mí. No hay en mi vida una pasión mayor que esa.

–Lo que importa es en qué emplee una persona esa pasión…

–¿Y por qué no en hacer el bien en vez del mal?

Casi todo el mundo pensaba que Jack Reed era la encarnación del mal. La diferencia estaba en que Becca no tenía miedo de decírselo a la cara.

Y tenía razón sobre él. Todo el mundo la tenía. Si Jack pudiera hincarle el diente a Lassiter Media no soltaría su presa hasta beberse la última gota de sangre. A eso se dedicaba. Era lo que mejor sabía hacer.

Pero con Becca Stevens mirándolo como si la maldad fuera contagiosa, una parte de él deseó, por un breve segundo, que no se le presentara la oportunidad de destruir Lassiter Media.

Rápidamente se sacudió aquella disparatada idea de la cabeza. Haría lo que tenía que hacer, aunque la pobre señorita Stevens se encontrara sin quererlo en medio de aquella operación.

–Es hora de que me envuelva con mi capa negra y me esfume antes de que el primer rayo de sol nos convierta en polvo… –hizo una reverencia–. Buenas noches, Becca.

Ella lo siguió y se interpuso entre él y la puerta del salón de baile. Jack no supo si sonreír o tocarla para comprobar si llevaba una estaca de madera bajo la ropa.

–¿Y si te muestro todo lo que hace la fundación? ¿Nunca has visitado un refugio para gente sin hogar o un comedor social? Si lo ves con tus propios ojos lo entenderás. No puedes ser tan cruel como pareces…

–¿Concibes la posibilidad de que pueda albergar emociones humanas?

Ella se permitió una pequeña sonrisa y también Jack sonrió.

–Dame un mes y te haré cambiar de opinión.

–¿Cambiar mi opinión sobre qué?

–Sobre el futuro de Lassiter Media y tu intención de desmontarla.

–Un día.

–Una semana.

–Con una condición.

–Dímela.

–Prefiero mostrártela…

Le rodeó la cintura con la mano y tiró de ella al tiempo que agachaba la cabeza. Sintió cómo se ponía rígida en cuanto sus labios se tocaron y cómo apretaba los puños contra su pecho, y se preparó para recibir merecidos insultos, ataques y recriminaciones.

Pero entonces sintió que relajaba las manos y extendía lentamente las palmas, agarrándole las solapas de la chaqueta. Oyó que ahogaba un gemido mientras se apretaba contra él. Con una mano ejerció presión en su trasero y deslizó la otra bajo los rizos de la nuca. Poco a poco los labios de Becca se abrieron y él ladeó la cabeza para introducirle la punta de la lengua entre los dientes.

Ella volvió a ponerse rígida y en esa ocasión se apartó con violencia. Jadeando y con los verdes ojos desorbitados, se frotó la boca con el brazo y le escupió una palabrota que Jack había recibido muchas veces pero nunca de labios de una mujer.

–¿Se puede saber a qué ha venido eso?

Jack se pasó una mano por el pelo.

–Dímelo tú.

Ella soltó el aire y recuperó la compostura.

–Muy bien, lo haré. Ha sido un error. Un gran error que nunca volverá a cometerse. Me das asco.

–¿Quieres oír mi condición o no?

–¿Qué condición? –preguntó ella sin entender.

–La condición para darte una semana para que me hagas cambiar de opinión.

–Ah, ya.

–Mi condición es que nos comportemos como personas civilizadas.

–Tienes un concepto muy particular de lo que significa «civilizada» –murmuró ella.

–¿Trato hecho? –preguntó él–. ¿O tienes miedo de no poder resistirte a mi encanto?

Ella inspiró profundamente, ensanchando las fosas nasales.

–Antes vendería mi alma al diablo.

–Ten cuidado… Te recogeré en tu oficina el lunes por la mañana, a las diez en punto.

Capítulo Tres

El lunes por la mañana la vicepresidenta de Reed Incorporated se plantó ante la mesa de Jack con las manos en las caderas. Sylvia Morse era un ciclón de las finanzas con un historial temible en el mundo de los negocios.

–¿Se puede saber qué estás haciendo?

–¿A qué te refieres?

–Quiero saber la verdad, sin medias tintas. Acabas de hablar con Angelica Lassiter por teléfono… otra vez. Estás moviendo cielo y tierra para hacerte con el mayor número de acciones de Lassiter Media.

–¿Qué demonios te pasa esta mañana?

–Te estás acostando con Angelica Lassiter para ayudarla a recuperar el control de Lassiter Media –lo acusó Sylvia.

–Me voy a la cama con ella, sí, pero no en el sentido literal. Sylvia, eres mi mano derecha desde hace cinco años. No ha cambiado nada.

–Entonces, sigues dispuesto a comprar la empresa y luego venderla pieza por pieza. Todo perfecto, salvo que esa no es la intención de Angelica Lassiter.

Jack se hundió en el asiento.

–Creía que compartíamos las mismas ideas.

—Esto es distinto.

—Siempre es igual —agarró el bolígrafo y agachó la cabeza—. Confía en mí.

—Quiero confiar en ti, pero hay algo que no me cuadra. A menos que seas más despiadado de lo que yo pensaba, y eso que te conozco bien.

—Mejor que nadie.

—Estoy de tu lado, Jack. Siempre lo he estado y siempre lo estaré. Pero hasta alguien como tú debe tener límites, aunque nunca lo reconozcas en público. J.D. era tu amigo. En Cheyenne os visitabais a menudo. Creía que ese tipo de relación significaría algo.

—Te equivocaste.

—Entonces no se pueden mezclar los sentimientos con los negocios, ¿es eso?

Jack se levantó.

—Los sentimientos no se pueden mezclar con nada, punto —se acercó a un archivador y se puso a rebuscar entre los informes de Baldwin Boats, una compañía naval que se había propuesto adquirir—. Valoro mucho tu trabajo y a ti también, Sylvia. Pero si decides marcharte, solo me queda desearte lo mejor.

—¿Y piensas que podrías encontrar a otra como yo?

Jack le devolvió una sonrisa burlona.

—No sería fácil, eso seguro… Está bien, ya entiendo lo que te pasa.

—¿Ah, sí?

—Te has dejado la piel en la operación Lassiter. Es lógico que quieras sacar mayor tajada cuando empecemos a desmenuzar la empresa.

Sylvia entornó la mirada, pero enseguida relajó la expresión y esbozó una sonrisa torcida.

–Parece que eres tan duro de pelar como pintan –se acercó para ver el informe que Jack estaba consultando–. Baldwin Boats...

Jack dejó a un lado el espinoso asunto de Lassiter Media y asintió.

–Estoy listo para hacerme con ella.

–Hablé con David Baldwin el viernes. Quiere que os veáis y me preguntó si te gustaría ver los astilleros.

Jack ya los había visto. Sabía muy bien todo lo que necesitaba saber.

–Odio esta parte del negocio... –murmuró con una mueca.

–¿Te refieres a la parte en la que un empresario en apuros que ha dedicado su vida a su empresa cree que hay una posibilidad de convencerte para que inviertas en ella y os hagáis socios?

–Sí, justo. Le he dicho que le haremos una buena oferta. La mejor que recibirá antes de que su empresa se declare en bancarrota. No me interesa tomarme una cerveza con él.

Se había reunido recientemente con David Baldwin para discutir su precaria situación. Baldwin Boats tenía contratos en curso y cuantiosos activos, pero se encontraba al borde la quiebra por la misma historia de siempre: crisis económica, subida de impuestos y mayores costes de producción. Jack le había dicho que podían hacer negocios, pero se refería a los suyos, no a los de Baldwin Boats.

La empresa se dedicaba a construir barcos, pero Jack no estaba interesado en ningún tipo de producción. Tal y como él lo veía, solo había dos opciones para David Baldwin: o aceptaba su oferta o se iba a la quiebra. Contrariamente a lo que pensaba todo el mundo Jack no un completo desalmado, ni siquiera en lo que se refería a Lassiter Media. Confiaba en que David Baldwin agarrara el salvavidas que él le lanzaba en vez de aferrarse a una vana esperanza y hundirse definitivamente.

–Dile tan solo que le haremos una oferta en firme a final de mes –le pidió a Sylvia–. Y otra cosa… Becca Stevens vino a verme a mi casa.

–La directora de la Fundación Lassiter, ¿no?

–Me aseguró que si le daba tiempo conseguiría hacerme cambiar de idea sobre Lassiter Media.

–¿Estás de broma?

–Quiere enseñarme lo que se hace con el dinero de la fundación.

–Y tú la mandaste a paseo, supongo.

–Le he dado una semana.

Sylvia se quedó boquiabierta y tardó unos segundos en recuperarse.

–¿Cómo? Tienes tu agenda programada al minuto.

–Si juego bien mis cartas es posible que consiga una información muy valiosa.

Sylvia sacudió la cabeza.

–La he investigado a fondo. Becca Stevens estuvo en el programa de acogida y en el Cuerpo de Paz. Por fuera puede parecer encantadora, pero no es una mosquita muerta. Si estás pensando en seducirla, ten mucho cuidado. Es un hueso duro de roer, muy lista, y hará lo que sea por ganar.

Jack se pasó un dedo por la corbata.

–Igual que yo… –miró la hora y agarró su chaqueta–. He quedado con Joe Rivers para hablar de esa oportunidad en China, y luego voy a ver a la señorita Stevens.

–Para intentar seducirla, querrás decir –Sylvia ladeó la cabeza–. A no ser que ella vaya un paso por delante.

–¿A qué te refieres?

–A lo mejor está pensando en seducirte ella a ti.

–¿Para que me compadezca y salve su fundación?

–No estoy bromeando. Según mis fuentes es extremadamente ingeniosa.

Jack hizo un guiño y abrió la puerta para que ambos salieran.

–Eso espero…

Cuando el sedán negro de Jack Reed se detuvo en el aparcamiento de Lassiter Media, Becca fue hacia el vehículo y se sentó en el cómodo asiento de cuero mientras Jack la observaba con las manos en el volante.

En el baile de gala la había pillado desprevenida. Al verlo con aquel impecable esmoquin a medida y su deslumbrante sonrisa casi se había caído de la silla. Cuando se detuvo junto a la mesa a Becca le latía desbocadamente el corazón, pero pensaba haber ocultado los efectos que su presencia le provocaba.

Hasta el beso… Aquel beso vertiginoso e inolvidable. Pero no volvería a sorprenderla. Becca estaba preparada, alerta y armada para lo que fuera.

—Bonito coche —dijo mientras se abrochaba el cinturón—. Huele a nuevo —y también Jack olía maravillosamente bien, aunque por nada del mundo lo admitiría en voz alta.

—Ya sé que acordamos que yo pondría las reglas, pero no esperaba que estuvieras esperándome fuera. Habría subido a recogerte.

—El tiempo es oro.

—Qué considerada…

—Me refiero al tiempo de la fundación.

Los oscuros ojos de Jack brillaron al sonreír.

—Claro —le echó una mirada a sus piernas y Becca se estremeció. No era una mirada íntima, pero una corriente de calor se le propagó por las venas igual que cuando la besó.

—¿Sueles ir en vaqueros a la oficina? —le preguntó él, poniendo el coche en marcha.

—Depende de lo que tenga que hacer —respondió ella en el tono más natural que pudo mientras se clavaba las uñas en las palmas. El brazo y el muslo de Jack estaban peligrosamente cerca, y a pesar del aire acondicionado el calor varonil que despedía su cuerpo empezaba a provocarle sudores.

—¿Adónde vamos? —le preguntó él.

–A un instituto cerca de aquí.

–¿Qué pasa, alguien necesita un gimnasio nuevo?

Ella observó su perfil, su nariz aguileña y el aura de superioridad que desprendía.

–No tienes ni idea, ¿verdad?

–¿No iba de eso esta semana? ¿De explicármelo?

Becca pensaba hacer mucho más que eso.

–¿Cómo fue tu adolescencia? Supongo que destacaste en los deportes y que sacaste buenas notas sin esforzarte siquiera, ¿verdad?

–La química se me resistía un poco –respondió él con una sonrisa.

–Pero sabías lo que te gustaba. Y tus padres pudieron permitirse mandarte a una universidad de la Ivy League.

–Tuve que trabajar muy duro en la universidad.

–¿Qué coche conducías?

Él le dijo el nombre de una lujosa marca alemana.

–Recién salido de la fábrica, ¿verdad?

La risa de Jack fue cálida y profunda.

–¿Crees que puedes hacer que me sienta culpable?

–Espero poder hacerte abrir los ojos.

Él volvió a mirarla, y cuando se fijó en sus vaqueros Becca sintió que la estaba etiquetando. Solo de pensarlo se irritó.

–Tu familia no es rica…

–Mis padres tienen una pastelería –no tenía por qué contarle toda la historia, al menos aún no.

Él la miró sorprendido antes de volver a concentrarse en el tráfico.

–Somos cuatro hermanos –continuó ella–. De niños aprendimos a ayudar a los menos afortunados. La solidaridad y generosidad es el secreto para una vida feliz y un mundo mejor. Durante mi último año de universidad trabajé como voluntaria en hospitales, asilos… –carraspeó al ver la expresión glacial de Jack–. ¿Te estoy aburriendo?

–Nunca podrías aburrirme –se frotó la mandíbula recién afeitada–. Es solo que he recorrido un largo camino desde que iba al colegio.

–No me puedo imaginar cuánto has aprendido desde entonces –dijo ella, apelando al ego de Jack–. Cuánto podrías transmitir…

–¿Es eso lo que vamos a hacer? ¿Quieres que les dé una charla a unos críos para que apunten alto?

–La mayor parte de los chicos a los que vamos a ver hoy sufren depresión y tienen tendencias suicidas.

Por el ligero cambio en su expresión supo que por fin había conseguido llamar su atención.

–Es aquí –le dijo, indicando un camino de entrada.

El instituto público tenía alrededor de tres mil estudiantes. Aparcaron y se dirigieron hacia un grupo de jóvenes apostados junto a la valla. Los chicos silbaban y vitoreaban a un pelotón de ciclistas que pasaba velozmente frente al instituto. Un par de ellos sostenían un gran cartel: «Ride for U.S.».

–¿Montas en bici, Jack? –le preguntó Becca mientras los jóvenes seguían silbando y aplaudiendo con gran entusiasmo.

–Hace mucho que no.

–Estas personas viajan de costa a costa para ayudar a los jóvenes que no pueden ver ninguna luz al final del túnel. Hijos de alcohólicos, drogadictos y prostitutas. Muchos de estos chicos se han criado por sí mismos. Como mucho les enseñaban a sacar una botella de whisky del armario o a conseguir drogas.

La última de las bicicletas pasó junto a la valla y Jack las siguió con la mirada. Parecía abstraído, indiferente a cuanto lo rodeaba.

Becca volvió a intentarlo.

–La Fundación Lassiter contribuye todos los años a esta causa, y ayudamos a decidir en qué emplear los fondos recaudados.

Jack se sacó unas gafas de sol del bolsillo de la pechera.

–Buen trabajo.

–No se puede comparar al esfuerzo que hacen estos chicos.

Algunos estudiantes jugaban con un balón de fútbol. Un tiro se desvió y Jack agarró el balón sin esfuerzo y se lo lanzó de nuevo.

–¿No tienes hijos? –le preguntó ella.

–No estoy casado.

–No siempre es una condición indispensable…

–No los tengo.

–Que tú sepas.

Jack exhaló profundamente.

–Que yo sepa.

La multitud empezó a dirigirse al edificio.

–Qué extraño debe de ser descubrir que concebiste un hijo, digamos, hace veinte años, mientras ibas por ahí alardeando en tu coche nuevo, siendo el mejor en todo y planificando tu vida ideal.

–Puede que tenga mala fama, pero siempre he tenido cuidado en lo que al sexo se refiere.

–Discúlpame si no lo entiendo… ¿Cómo puede tener sexo seguro un vividor como tú?

–Hace falta mucha práctica –repuso él con una fría sonrisa.

–Nos estamos desviando del tema. Lo que importa es que desde que naciste has llevado una vida de lujo y privilegios. Pero la mayoría de los chicos no tienen tanta suerte, y les vendría muy bien una mano para alcanzar la edad adulta.

En el gimnasio, se sentaron en una de las gradas mientras el líder de Ride for U.S. se dirigía a los estudiantes. Tom Layton era un famoso psicólogo al que Becca ya conocía. Tenía un don innato para penetrar en la mente de los jóvenes, y les sacaba el máximo partido. Cuando su mirada se encontró con la de Becca la saludó con un guiño, pero sin dejar de dirigirse a la audiencia.

–Es bueno, ¿verdad? –le susurró Becca a Jack–. Hace que todo adquiera un tinte dramático para los jóvenes, como si se tratara de una lucha a vida o muerte. Un chico necesita toda su fuerza para seguir adelante, ya que la verdadera prueba le llegará más tarde, cuando tenga que seguir su propia estrella y protegerse de los que quieran destruir sus sueños.

–¿Te sorprendería saber que tú y yo no somos tan diferentes, Becca? –le preguntó él, mirándola fijamente.

–Pues claro que me sorprendería.

Él frunció el ceño y Becca sintió algo extraño. No era que Jack Reed se hubiese transformado en un alma caritativa. Eso sería pedir demasiado. Era más bien como una conexión fugaz que se escapaba entre sus dedos como granos de arena.

Media hora más tarde, cuando el director del centro dio las gracias a los invitados y los jóvenes empezaron a aplaudir, Jack se levantó para estirar la espalda y Becca se quedó unos segundos embelesada con su imponente estatura.

–¿Sigues despierto?

–Claro –volvió a estirarse–. Aunque me vendría bien un café.

Mientras descendían de la grada Becca continuó explicándole lo que hacía la fundación.

–Colaboramos con los psicólogos escolares por todo el país para ayudar a los estudiantes en situación de riesgo, aquellos que necesitan ayuda inmediata y efectiva. Organizamos campamentos donde pueden hablar libremente de sus problemas. Es importante hacerles saber que no están solos.

Llegaron al pie de la escalera y Jack levantó una mano.

–Discúlpame un momento. Tengo que hacer una llamada.

Becca se dio cuenta de que en su afán por aprovechar cada segundo lo había sobrecargado de información y decidió levantar un poco el pie del acelerador.

–Muy bien. Te espero aquí.

Jack sacó el móvil y marcó un número mientras se alejaba unos pasos. Al acabar la llamada se dirigió hacia un grupo donde estaba Tom Layton. Los dos hombres se estrecharon la mano y Becca se debatió entre acercarse o no a ellos. Pero solo intercambiaron unas palabras antes de que Tom se despidiera de Jack y saludara a Becca con la mano. Jack volvió junto a ella y Becca no pudo evitar sonreír.

–Bonito gesto.

–Es un tipo agradable –dijo Jack. Le puso la mano en el brazo y miró hacia la salida–. Vamos.

Ofrecerle una mano para salir no era un gesto inapropiado… Y a una parte de ella le gustaba el contacto. Era absurdo, peligroso y estúpido. Pero así era.

–Podríamos volver a la oficina para tomar el café –le sugirió de camino a la salida–. El bar del edificio tiene merecida fama.

–¿No temes que algunos puedan pensar que confraternizas más de la cuenta con el enemigo?

–Si me preocupara lo que puedan pensar de mí no te invitaría, ¿no crees? –apartó el brazo–. A lo mejor eres tú quien tiene miedo de dejarte ver en Lassiter Media.

Jack esbozó una media sonrisa arrebatadoramente sensual.

–Sí, seguro que es eso.

Salieron al aparcamiento y Becca evaluó rápidamente la situación. Había decidido controlarse un poco, y realmente le preocupaba que alguno pudiera cuestionar su lealtad a la empresa. Pero si quería tener una mínima probabilidad de éxito no le quedaba más remedio que emplearse a fondo.

De modo que respiró hondo y siguió adelante.

–Y ahora que está todo claro, ¿qué tal si nos tomamos ese café? –le propuso, caminando a su lado.

–Si es con bollos daneses…

–¿Te gustan?

–Sobre todo los de queso, arándanos y *toffee* de manzana.

–¿Y de canela o natillas?

–Ahora sí que nos entendemos.

–Te recuerdo que mi familia tiene una pastelería, así que te podrás imaginar cuánto he abusado de los dulces…

Él le echó una mirada de extrañeza y sonrió.

–Todos los dulces que se puedan tomar son pocos.

Becca podría haberlo rebatido, pero no lo hizo y se limitó a sonreír mientras él le abría la puerta. Tal vez si le siguiera el juego un poco más él acabaría abriéndose a ella y un rayo de luz iluminaría las sombras de su alma.

Hasta un corazón tan negro como el de Jack Reed debía de albergar algo de bondad.

Jack aparcó junto al edificio de Lassiter Media. Apagó el motor y se aflojó la corbata. Necesitaba un café bien cargado después de una mañana tan confusa.

Lo primero, estaba seguro de que Sylvia le había dicho que Becca era huérfana, pero ella le había dicho que sus padres tenían una pastelería. ¿Estaría mintiendo? Algo no cuadraba en todo aquello.

Segundo, él también colaboraba con Ride for U.S. Cuando Tom Layton los vio juntos a él y a Becca en las gradas, sin duda se preguntó qué había entre ellos. De modo que Jack se inventó una excusa para tropezarse con él y explicarle que nada había cambiado. Nadie debía saber en qué obras benéficas colaboraba Reed Incorporated, ni cuándo, ni cómo ni por qué, a menos que fuera un inspector de Hacienda.

Si Becca quería seguir la opinión de la mayoría y verlo como un villano sin escrúpulos, por él no había ningún problema. Estaba acostumbrado a que pensaran lo peor de él, y seguramente fuera mejor así con ella. De esa manera no se sorprendería cuando todo empezara a desmoronarse.

Había escuchado todo lo que ella le había dicho sobre los problemas de aquellos jóvenes. Depresión, autolesiones, tendencias suicidas… Ojalá pudiera resolverlo todo con un simple chasquido de dedos.

Becca se bajó del coche antes de que Jack tuviera tiempo para abrirle la puerta.

–¿Vamos a elegir personalmente los pasteles? –le preguntó ella–. ¿O haremos que los envíen?

De regreso de la escuela ella había mencionado una buena pastelería cerca de la oficina.

–Iremos a echar un vistazo –dijo él.

–Queso, arándanos y *toffee* de manzana, ¿verdad?

Él se puso las gafas de sol.

–Y canela y natillas.

Ella se echó a reír.

–¿Cuánto puedes comer? ¿O es que voy a comprar pasteles para toda la oficina?

–Yo pago, y quizá añada un par de magdalenas de chocolate.

–Esto se pone peligroso –se dirigieron a la entrada–. Invito yo. No discutas. Eres mi invitado –lo miró de arriba abajo–. Un invitado con un apetito voraz.

–Que no deja de crecer…

Ella sonrió y bajó la mirada a su boca, y Jack sintió un hormigueo en las partes íntimas de su cuerpo.

Tal vez fuera ella la que estaba seduciéndolo…

Antes se había burlado de la sugerencia de Sylvia, pero pensándolo bien, la idea de que Becca Stevens empleara todas sus armas de seducción para salvar el mundo no era tan disparatada. ¿Creería que si lo seducía o si se acostaba con él le haría cambiar de opinión? Lo que estaba claro era que, después del beso que se habían dado, las hormonas de Becca no harían caso a las objeciones que le planteara su conciencia.

Por el rabillo del ojo vio que una mujer salía del edificio. Su esbelta figura, melena castaña oscura y ojos marrones eran inconfundibles. Angelica Lassiter iba tan sumida en sus pensamientos que casi se tropezó con ellos sin darse cuenta. Al reconocer a Jack dejó escapar un suspiro.

–Gracias a Dios… ¿Cómo sabías que estaría aquí? –le preguntó, antes de ver a Becca.

Angelica era tan obstinada como su padre, pero en aquellos momentos parecía vacilante e insegura, con sus ojos marrones abiertos como platos.

Jack se dirigió en primer lugar a Becca.

–¿Podemos dejar el café para otro momento?

–Claro –respondió ella. Se despidió tímidamente de Angelica y entró en el edificio.

Jack entrelazó su brazo con el de Angelica.

–Vamos. Tenemos que hablar.

Capítulo Cuatro

–¿Qué estás haciendo con Becca Stevens? –le preguntó Angelica a Jack mientras él la alejaba del edificio de Lassiter Media.

–Becca está preocupada por el futuro de la fundación.

Angelica asintió.

–Hace un trabajo magnífico y está comprometida en cuerpo y alma con la fundación, pero no pienses ni por un segundo que está de nuestro lado, Jack. Tú no le gustas. Y no creo que en estos momentos me tenga mucha estima a mí tampoco, dada nuestra relación.

A Jack le sorprendía que Angelica no se hubiera convertido en una persona insolente, caprichosa y fastidiosa después de la infancia que había tenido. Su madre la había tenido bastante tarde, después de que el médico les hubiera advertido a ella y a J.D. del riesgo que supondría un embarazo. Ellie Lassiter murió a los pocos días de haber dado a luz a la niña.

Años antes, Ellie y J.D. habían adoptado a Sage y Dylan, sus dos sobrinos huérfanos. Tras la muerte de Ellie, J.D. y los chicos se habían volcado por entero en Angelica, quien se convirtió en una mujer buena y cariñosa y en una gran profesional.

No era ningún secreto que J.D. había educado a su hija para hacerse cargo de Lassiter Media. Cuando J.D. murió de un ataque al corazón todos se quedaron perplejos al conocerse su testamento, pero Angelica había sido la única que no había aceptado las absurdas cláusulas. Como tampoco Jack, naturalmente.

–Sí, Becca apoya a Evan.

–Y si quieres que cambie de bando estás perdiendo el tiempo –continuó Angelica–. Cuando una mujer toma una decisión nada puede hacerla cambiar de idea. Francamente, Jack, no tiene ningún sentido intentarlo.

–Te estás confundiendo. Ha sido ella la que ha acudido a mí. Quiere enseñarme en qué se emplea el dinero de la fundación.

No dijo que también esperaba extraer algo de información valiosa sobre Lassiter Media.

–Becca confía en conmoverte para que renuncies a hacerte con la empresa y así limpiar la imagen de la fundación –caminó unos metros en pensativo silencio y de repente se detuvo y se sentó en el banco de una parada de autobús–. No soporto el daño que está sufriendo la empresa ni que mi familia apenas pueda mirarme a la cara… –exhaló profundamente mientras él se sentaba a su lado–. No puedo más, Jack. Siento que estoy a punto de explotar.

–Confía en mí. Estamos en el buen camino.

–Esta mañana he llamado a Dylan. Una simple llamada de hermana para preguntarle cómo estaban él y Jenna.

Dylan se había comprometido con Jenna Montgomery, una florista de Cheyenne. Jack había oído que la relación había sido bastante tormentosa antes de formalizarse.

–Pero como es lógico la conversación ha derivado al testamento –siguió Angelica–. Me he alterado tanto que querría romper algo. Nunca pensé que Dylan pudiera darme la espalda. Desde siempre hemos sido inseparables, y creía que aún lo éramos.

Al acabar el instituto Dylan se había marchado a ver mundo, trabajando en varios restaurantes hasta convertirse en un chef de renombre. Cinco años antes J.D. le había encomendado la dirección de Lassiter Grill, una prestigiosa cadena de restaurantes.

–Dylan ha vuelto a decirme que debo aceptar la voluntad de papá, enterrar el hacha de guerra y seguir con mi vida –miró el tráfico y se mordió el labio–. Que tengo que hablar con Evan y aclararlo todo. ¿Sabes lo que me ha dicho? Que Evan dice que debería tranquilizarme… ¿Puedes creerlo? Ocupando mi despacho… –una lágrima le resbaló por la mejilla y Jack le tendió un pañuelo–. No consigo librarme de la sospecha de que Evan y mi padre conspirasen a mis espaldas, o de que haya sido Evan quien conspiró contra todos.

Jack quiso rodearla con el brazo y apretarle la mano, pero Angelica no necesitaba su compasión.

–Evan tiene razón –dijo, apoyando los codos en los muslos.

Un autobús pasó frente a ellos.

–¿Cómo has dicho?

–Tienes que tranquilizarte, y luego volver a centrarte en tu objetivo y no dejar que nada ni nadie te aparte del mismo. No puedes permitirte que las emociones se entrometan.

–A veces me pregunto si estamos haciendo lo correcto… Si vale la pena…

–¿Deberías renunciar a tu herencia solo porque Sage y Dylan no estén de acuerdo? –Jack se giró hacia ella–. Sage nunca tuvo una buena relación con J.D. Amasó su propia fortuna y aun así J.D. le dejó el veinticinco por ciento de Lassiter Media. ¿Y Dylan? Tan feliz como un cerdo en el fango por quedarse con Lassiter Grill. Tú, en cambio, la única hija biológica de J.D, la niña de sus ojos, tienes que conformarte con un ridículo diez por ciento de las acciones y encima ver cómo el hombre con quien ibas a casarte se queda con el control mayoritario de la empresa –soltó un bufido–. Me importa un bledo si Sage, Dylan o quien sea critican lo que estás haciendo para recuperar lo que te corresponde por derecho.

Angelica se puso derecha y parpadeó.

–Echo terriblemente de menos a papá. Nada me gustaría más que poder hablar con él ahora. Me siento desgarrada entre la resignación y la humillación por lo que me hizo. Me he dejado la piel en esa empresa. Era toda mi vida… –tragó saliva y se apartó otra lágrima–. Estoy cansada de todo esto.

Jack ahogó un gemido. Siempre había apreciado a J.D. como un buen amigo, pero si lo tuviera delante en esos momentos le daría un puñetazo en la mandíbula.

–Soy una blandengue…

–No digas tonterías. ¿Me asociaría yo con una blandengue? –le dio un empujoncito en el hombro y ella casi sonrió–. Sylvia y yo estamos trabajando sin descanso buscando la manera de afianzar nuestra posición en las acciones de la empresa. Falta muy poco para conseguirlo, te lo aseguro.

Un atisbo de sonrisa asomó a los labios de Angelica, buscó su mirada con los ojos entornados.

–Tu objetivo siempre ha sido desmontar y vender las empresas que adquirías… ¿Por qué Lassiter Media es diferente?

–¿De verdad necesitas preguntarlo?

–Todo el mundo se lo está preguntando.

–J.D. era un buen amigo, y a ti te conozco desde que eras una niña flacucha con trenzas. Estoy haciendo exactamente lo que tu padre querría que hiciera.

–Salvo ir en contra de su última voluntad.

–Es imposible que fuera esto lo que quería. Busca en tu corazón y dime que no estás de acuerdo.

Ella volvió a entornar la mirada.

–Tú nunca me traicionarías, ¿verdad, Jack?

Jack sintió un escalofrío en la espalda y la miró fijamente a los ojos.

–No, Angelica. Nunca te traicionaría.

***

Jack acompañó a Angelica a la residencia de los Lassiter, en Beverly Hills. Cuando empezaron a repasar cifras y ella lo invitó a comer, él aceptó con mucho gusto e incluso la ayudó a preparar sándwiches de ensalada de huevo. Comieron en el porche, junto a la piscina, y cuando hubieron hablado de todo y Angelica volvía a sentirse decidida a seguir adelante, el sol ya empezaba a ocultarse.

Angelica acompañó a Jack a la puerta, y por centésima vez él pensó en el papel que estaba jugando en aquel drama familiar, tan complejo y embarazoso incluso para él. Pero como le había dicho antes a Angelica, tenían que concentrarse en su objetivo.

–Lo siento si te he retenido demasiado tiempo –se disculpó Angelica. Parecía agotada y apoyó la mejilla en la puerta abierta mientras Jack salía al porche delantero.

–Estaré aquí siempre que me necesites.

–Becca Stevens se estará preguntando dónde te has metido.

–Seguramente se alegrará por haberse librado de mí.

–Lo dudo mucho –le dedicó una afectuosa sonrisa y Jack le puso la mano en el hombro.

–Estarás bien.

–Siempre fuiste un buen amigo de mi padre… y mío. No sé qué haría sin ti.

–Por eso nunca tendrás que preocuparte.

Jack caminó hasta su coche. Había ayudado a Angelica, o quizá no, dependiendo de a quién se lo preguntara. Y lo peor era que, tras haberse atiborrado de ensalada de huevo, aún le apetecían los bollos daneses.

Llamó a la fundación Lassiter y le pasaron con la secretaria de Becca.

–Lo siento, señor Reed. La señorita Stevens ha terminado su jornada en la oficina y se ha marchado.

Jack miró la hora. Eran poco más de las cuatro.

–¿Se ha ido a casa?

–No sabría decírselo, señor.

–¿Tiene su número privado?

–Lo lamento, pero no puedo dárselo.

Jack sabía que podría conseguirlo fácilmente, pero no tenía sentido. Jack no estaba tan desesperado por los bollos daneses…

Un minuto después recibió una llamada.

–Hola, Jack. Soy David Baldwin.

Jack puso una mueca de fastidio, pero se esforzó por adoptar un tono cordial.

–Hola, David, qué pasa?

–Llámame Dave. ¿Tienes un minuto? Me gustaría enseñarte algo.

–Sylvia ya me ha comentado lo de la visita a la fábrica.

–Ya has visto bastante de la fábrica.

–Y a final de mes tendrás una oferta.

Hubo un silencio al otro lado de la línea.

–Dave, ¿sigues ahí?

–Quería hablar contigo de un asunto personal.

Jack maldijo en silencio por no haber mirado quién lo llamaba antes de responder al teléfono.

–No creo que pueda serte de ayuda en un asunto personal.

–En realidad, soy yo quien debería ayudarte a ti.

–Estoy muy liado en estos momentos, pero espera un poco y tendrás esa oferta…

–Se trata de la familia, Jack –lo interrumpió David–. De un viaje.

David Baldwin era un buen tipo que había trabajado muy duro para levantar su empresa y que consideraba a sus empleados como si fueran una familia. Quería que Jack se implicara de lleno y que salvara la empresa de la quiebra.

Ni hablar.

Cierto que había algo en David Baldwin que le hacía pensar. Algo en sus intensos ojos marrones que le removía la fibra sensible.

–Estaremos en contacto –dijo Jack–. Tengo una llamada en espera. Cuídate.

Desconectó el móvil y sintió un agudo dolor en el pecho. Se detuvo ante el semáforo en rojo y se frotó el punto dolorido. Todo aquel asunto de los Lassiter y de Baldwin afectándolo en lo más profundo de ser. Pero si David quería salvar a su familia, allá él. Jack no podía ayudarlo.

Y tampoco podía ayudar a Becca Stevens.

A la mañana siguiente le despertó una llamada.

Se frotó los ojos y en esa ocasión comprobó quién llamaba.

–¿Jack? –Becca parecía alterada–. ¿Te he despertado?

Él se incorporó en la cama y se pasó una mano por el pelo. Eran las ocho y cinco.

–Escucha, tengo un plan –continuó ella.

Jack reprimió un bostezo.

–Me gustan los planes.

–¿Puedo ir a verte y te lo cuento?

–Creía que estarías molesta por…

–¿Por haberme dejado tirada ayer? Entiendo que te fueras con Angelica. La pobre se encuentra en una posición muy difícil.

–La única solución es luchar.

–O aceptar y perdonar.

Jack se levantó de la cama.

–Eso depende de ella.

–Ayudaría mucho si dejaras de presionarla.

Él sonrió.

–¿No habías dicho que lo entendías? –la oyó suspirar.

–¿A qué hora puedo pasarme por tu casa?

–Voy a meterme en la ducha –estuvo a punto de sugerir que la esperaría para ducharse, pero se mordió la lengua.

–Te veo dentro de media hora.

–Aquí estaré.

Con las pilas puestas…

***

Jack le abrió la puerta con unos vaqueros deshilachados y nada más. Ni siquiera se había puesto una camiseta, y a Becca casi se le cayó la baba ante la exhibición de fibra y músculo.

—Buenos días —la saludó él—. Llegas tarde.

Diez minutos. Pero no se justificaría ni le daría la satisfacción de preguntarle dónde estaba el resto de su ropa. Hasta sus pies descalzos le resultaban sexys…

—Creía que me abriría la puerta el mayordomo —la otra vez que estuvo allí la había recibido en la verja un hombre de edad avanzada y modales impecables.

—Merv no es el mayordomo —se apartó para dejarla entrar—. Se ocupa de los quehaceres domésticos por mí, pero hoy es su día libre.

—¿Te criaste con una persona como Merv sirviéndote la leche con galletas? —le preguntó ella mientras entraba en el gran vestíbulo con suelo de mármol.

—Pues sí.

—Debe de ser estupendo.

Él se echó a reír.

—¿Todavía intentas que me sienta culpable?

—Solo estaba diciendo que…

—Merv hace un gran trabajo, por el que está muy bien pagado.

Ella sonrió.

—Así todos contentos.

Jack debía de medir casi un metro noventa, y Becca se sentía minúscula a su lado con sus sandalias de suela plana a juego con un sencillo vestido blanco. Al aspirar su fragancia varonil tuvo que reprimir el impulso de frotarse contra él y lamerle los poderosos pectorales.

Antes de cerrar la puerta Jack le echó un vistazo al coche que Becca había aparcado en el patio.

–Dime que no es un coche de empresa.

–Mi Fiat Bambino del 63 es un clásico.

Él entornó la mirada…

–¿Esas ruedas tan pequeñas pueden circular por carretera?

–Estoy segura de que nos llevará adonde tengamos que ir.

–Si tú lo dices… –murmuró él con escepticismo.

–¿Estás listo?

Él cerró la puerta, puso los brazos en jarras y Becca sintió la necesidad de abanicarse. Aquel cuerpo era digno de protagonizar una campaña publicitaria de ropa interior masculina.

–¿Listo para ir adónde?

–Lo primero es vestirte. Necesitarás tres o cuatro mudas.

–Suena interesante…

–Oh, lo será.

Él apuntó hacia la escalera con la barbilla y con un brillo en los ojos.

–Sube mientras hago la maleta. Puede que necesite más instrucciones.

Becca dudó, pero no creía que Jack fuera tan depravado como para arrojarla a la cama y esposarla. Se recompuso y subió la escalera tras él.

–No me has dicho adónde me llevas –le recordó él por encima del hombro.

–De aventura.

–¿Debería decírselo a alguien?

–¿Te refieres a Angelica Lassiter?

–Ahora necesita mi apoyo más que nunca.

A Becca se le revolvió al estómago.

–Me alegro por ella. De verdad.

–Pero no lo bastante para estar de su lado.

–Ya conoces la respuesta.

Al final de la escalera Jack giró a la izquierda por un amplio pasillo. Becca lo siguió de cerca, sin dejar de admirar su poderosa espalda y suculento trasero.

–Tengo una idea… –dijo él–. Mientras tú intentas convencerme de que no me haga con la empresa, yo podría intentar convencerte de que te pases al lado oscuro.

¿Unirse a Jack Reed?

–No me seduce en absoluto el lado oscuro.

Él esperó a que lo alcanzara antes de continuar.

–¿Ni siquiera un poquito?

–Nada de nada.

–En el mundo nada es blanco o negro…

–Haz el equipaje, Jack.

Entraron en una inmensa habitación con sofás de brocado azul, estanterías llenas de libros y un montón de libros apilados en un pequeño escritorio. Olía a sándalo y virilidad.

Jack pasó a la habitación que comunicaba con el estudio… el dormitorio principal. Becca respiró.

–¿Voy a necesitar un esmoquin? –le preguntó él mientras ella pasaba un dedo por el lomo de los libros. Tratados de filosofía, negocios, clásicos, un manual de caza con arco…

–No, nada de esmoquin –examinó lo que colgaba dentro de una vitrina–. Este arco parece una pieza de museo…

–Tiene miles de años –respondió él desde el dormitorio–. Fue hallado en las montañas de Noruega, perfectamente conservado en el hielo. Está hecho de madera de olmo y la punta de la flecha es de pizarra. No te diré lo que tuve que hacer para conseguirlo.

Becca estaba impresionada.

–Debería estar en un museo…

–Me han hecho varias ofertas.

–Pero a ti no te hace falta el dinero, ¿verdad? –dijo ella mientras examinaba una auténtica alfombra persa.

–No se trata del dinero.

–Claro, el dinero no es un problema cuando puedes comer caviar cinco días a la semana.

–Es una cuestión de orgullo y pasión, dos cosas a las que un hombre nunca debería renunciar.

Pasión… Becca miró por la ventana que daba al campo de tiro con arco.

–¿Alguna vez has partido una flecha por la mitad con otra flecha? Ya sabes, como en las películas…

–Eso es un tiro entre un millón.

–¿Quieres decir que no lo has conseguido? –preguntó ella en tono burlón.

—No, pero sí que he acertado en una manzana.

—¿Sobre la cabeza de alguien?

—Llámame Guillermo Tell.

—Estaba pensando más bien en un Robin Hood que roba a los pobres para dárselo a los ricos.

—¿Y qué pasa con la teoría según la cual Robin Hood no era más que un proscrito?

—Que te viene como anillo al dedo.

Jack salió del dormitorio vestido con unos pantalones oscuros y una bolsa de viaje en la mano.

—¿Así que ahora soy un ladrón? —le preguntó con una sonrisa sarcástica.

—Según esa teoría, sí —repuso ella.

Él dejó la bolsa en el suelo y se acercó hasta casi rozarle la nariz con la suya. Un hormigueo recorrió a Becca por dentro.

—¿No tienes miedo de que vuelva a besarte mientras estamos fuera? —le preguntó, tan cerca que su aliento le acarició la boca.

Los pezones de Becca se le endurecieron contra el encaje del sujetador, pero en aquella ocasión no la pilló desprevenida. Sabía cómo hacer frente a la tentación.

—Como ya he dicho, no hay ninguna posibilidad de sucumbir al lado oscuro —dijo, cruzándose de brazos.

Tendría que recordárselo a sí misma en todo momento.

Capítulo Cinco

Becca enfiló la autopista del norte con su Fiat Bambino, dejando las colinas pardas a un lado y los impresionantes acantilados y playas al otro. Con las ventanillas bajadas y la fragancia del mar impregnando el aire, propuso que jugaran al «¿Sabías que…?».

–¿Sabías que no hay peces ni aves sordas?

–No lo sabía –respondió Jack.

–¿Sabías que uno de cada trescientos cincuenta bebés nace con problemas crónicos de oído? Hasta hace veinte años esos problemas no se detectaban hasta que el niño cumplía dos o tres años. Ahora el noventa y cinco por ciento de los recién nacidos son monitorizados.

–Es bueno saberlo.

Becca tomó una pronunciada curva y le echó un rápido vistazo a Jack. Parecía relajado, con el codo apoyado en la ventanilla y siguiendo con el pie el ritmo de la música. Estaba encantada de que hubiera accedido a hacer aquel viaje, aunque solo fuera por tomarse un respiro en el trabajo. Pero sabía que Jack esperaba sacar algún beneficio, ya fuera obteniendo información para sus planes o creyendo que podía llevársela a la cama…

Si Becca hubiera sentido la misma química con cualquier otro hombre, muy posiblemente habría cedido al deseo. Cada vez que ella y Jack estaban juntos saltaban chispas. Pero su objetivo no era seducirlo ni acostarse con él. Era convencer a un despiadado multimillonario para que no añadiera Lassiter Media a su colección de trofeos. Becca quería descubrir el lado humano de Jack Reed y ayudarlo a aceptar que el verdadero orgullo no estaba en la riqueza y la indiferencia, sino en la compasión y la paz de espíritu.

Jack necesitaba encontrarse a sí mismo, y ella iba a mostrarle el camino. Aquella mañana iba a presentarle a una persona que había rehecho su vida después de verse al límite de la desesperación.

Lo siguiente sería apartar a Jack de su frío ambiente empresarial. Quería derribar sus defensas y hacerle olvidar quién era mientras alimentaba su ego. Estaba convencida de que había una parte de Jack que podía apreciar los pequeños placeres de la vida.

—La parte auditiva del cerebro no solo se activa cuando se escucha, sino también cuando se lee... ¿No te parece increíble?

—¿Qué hace tu fundación al respecto?

—No es mi fundación.

—¿No te gustaría tener tu propia organización benéfica algún día?

—Si la tuviera intentaría ayudar en todo, como la fundación Lassiter. No podría limitarme a una sola causa.

—Y si tuvieras que hacerlo ¿cuál sería?

Becca pensó en todas las causas que valían la pena mientras se concentraba en la serpenteante carretera.

–Me gustaría darles esperanza a los niños sin hogar –se irguió en el asiento y tomó otra curva–. Me crie en familias de acogida y tuve mucha suerte con la última.

–La de la pastelería…

El olor a pan recién hecho y canela envolvió a Becca.

–Fue la primera vez y el primer sitio donde me sentí realmente segura y querida. Tenía once años, la edad en la que los niños empiezan a cambiar y a cuestionárselo todo. Yo no era una excepción y nunca me cansaba de preguntar, pero mis padres parecían tener todas las respuestas.

–¿Cómo es posible?

–Con mucha paciencia, cariño y comunicación. Pero sobre todo, escuchando.

–Lo que nos lleva de nuevo al juego de «¿sabías que…?».

Ella sonrió.

–¿Sabías que la fundación ayuda a la investigación médica para los implantes auditivos de tronco encefálico en niños?

–Está claro que te preocupas mucho por los niños.

–Todos hemos sido niños.

Él no respondió y ella volvió a mirarlo. Jack observaba el océano con la mandíbula apretada. ¿Estaba pensando en lo que ella había dicho o se aburría?

–Tengo una para ti –dijo de repente.

–¿Una qué?

–Una pregunta de ¿sabías que…?

–Dispara.

–¿Sabías que una vez, hace mucho tiempo, estuve a punto de casarme?

A Becca se le escapó el volante de las manos y el Bambino derrapó unos cuantos metros antes de que volviera a controlarlo. Aferró con fuerza el volante y soltó una temblorosa espiración.

–Por Dios, Jack. ¡No me digas esas cosas cuando estoy conduciendo!

Jack no solo era conocido por ser un tiburón de las finanzas, sino también por la rapidez y facilidad con que dejaba a una mujer para buscar otra. ¿Cómo podía un vividor y redomado mujeriego pensar siquiera en el matrimonio?

–¿Y qué pasó? ¿Te rompió el corazón?

–En cierto modo así fue… Murió.

El coche volvió a derrapar, despidiendo la grava del arcén.

–Jack… Lo siento.

–Ya he dicho que fue hace mucho tiempo –la miró con el ceño fruncido–. ¿Estás bien?

–No… no me esperaba algo así.

Él observó sus manos, aferradas al volante.

–¿Quieres que conduzca yo?

–Gracias, pero este coche es muy especial. El volante vibra y hay que agarrarlo fuerte. Es como un animal salvaje.

–Pero lleno de pasión...

–Creo que vale la pena.

Lo miró y se encontró con la penetrante mirada de Jack.

–Estaba pensando lo mismo…

Becca aparcó frente a un edificio rojo de una sola planta, con ventanas arqueadas, que parecía una mezcla entre una residencia del siglo pasado y una iglesia gótica de ciudad.

El resto del trayecto lo habían pasado hablando de las obras benéficas, incluida las generosas donaciones que J.D. había hecho a la Fundación Lassiter. A eso siguió una discusión sobre la reciente inauguración del restaurante Lassiter Grill en Cheyenne, a la que Jack había asistido en compañía de Angelica. Obviamente su presencia no le había sentado muy bien al resto de parientes. Jack dijo que no lo habían invitado a la boda de Dylan y Jenna, una celebración reservada a la familia.

Becca había comentado entonces el inminente enlace de Felicity Sinclair y Chance Lassiter, al que tampoco era probable que invitaran a Jack.

Mientras recorrían el camino de cemento, Jack se fijó en un arcoíris pintado sobre la entrada del edificio.

–¿Hemos venido a escuchar un sermón?

Becca se soltó la cola de caballo y se sacudió el pelo.

–Hemos venido a poner a prueba tus dotes de observación.

¿Observar cómo le caía el pelo sobre los hombros como una cascada de seda dorada? ¿Cómo sus gestos y expresiones transmitían la férrea convicción en lo que hacía? Becca creía en sí misma, y en ese aspecto se parecía a Jack.

Él no necesitaba darle explicaciones de ningún tipo a nadie, pero antes, en el coche, había cedido al impulso de hacerle una confesión: si Krystal no hubiera muerto se habrían casado. Y todo habría sido muy diferente.

Jack casi nunca pensaba en aquel periodo de su vida. Le removía unas sensaciones y recuerdos demasiado dolorosos.

–¿Te consideras buen observador? –le preguntó ella.

–Veo lo que necesito ver.

–Lo que quieres ver, mejor dicho –puntualizó ella.

Él le pasó la mirada por los labios.

–También.

Abrió la puerta de cristal y se dirigieron hacia un mostrador. En un extremo había un jarrón de caléndulas y en el otro una foto enmarcada de la empleada del mes de Brightside House.

–Hola, Torielle –saludó Becca a la recepcionista–. ¿Te importa si le enseño las instalaciones a un invitado?

La mujer tenía una sonrisa deslumbrante y contagiosa.

–Sabes que siempre eres bienvenida, Becca. Estás en tu casa.

–Torielle Williams, te presento a Jack Reed.

Torielle parpadeó fugazmente al oír el nombre. Quizá lo había reconocido y lo había relacionado con el escándalo de la familia Lassiter que aireaban sin cesar los medios de comunicación. Pero su sonrisa no vaciló ni un ápice.

–Encantada de conocerlo, señor Reed. Por favor, avíseme si necesita algo.

Mientras recorrían el pasillo Jack sintió la energía y el entusiasmo que irradiaba Becca. Era una líder nata, una persona que no se detenía hasta conseguir su objetivo. Cualquier otro más débil que él se habría sentido intimidado ante su inquebrantable determinación, pero Jack, en cambio, se sintió imbuido de su fuerza y arrojo y se preguntó qué no podrían conseguir si estuvieran los dos en el mismo equipo…

–En estas instalaciones ayudamos a mujeres desempleadas a encontrar trabajo y recuperar la confianza en sí mismas –le explicó ella–. Hacemos lo que sea necesario para que se desarrollen como personas sin importar el color, la edad, el credo o la clase social.

Se detuvieron ante una ventana que daba a otra habitación. Dentro, un grupo de mujeres se afanaba haciéndose la manicura y maquillándose. A un lado había numerosos percheros de ropa femenina.

–No hay obstáculo que no se pueda salvar –continuó Becca–. Desde el cuidado personal hasta las técnicas para enfrentarse a una entrevista de trabajo o la obtención de un título académico.

Jack miró de reojo las manos de Becca, apoyadas en el alféizar. Tenía las uñas muy cortas, sin esmalte, y no parecía llevar ni una gota de maquillaje. Su estructura ósea y su piel no necesitaban ayuda artificial. Tan solo una dieta saludable y sueño reparador. Jack se la imaginó abriendo los ojos por la mañana y levantándose de un salto. Normalmente él tenía que apagar la alarma del despertador al menos dos veces. El insomnio era un fastidio.

Más adelante se detuvieron ante otra ventana y vieron a una mujer bien vestida que impartía una lección a un grupo de mujeres que tomaba notas. La siguiente sala era un gimnasio donde se desarrollaban las clases de pilates, *spinning*, fisiobalón...

–Parece que se divierten mucho –observó él.

–El ejercicio libera endorfinas. Sentirse bien crea una sana adicción, Jack –le rozó el brazo con el hombro–. Cuanto más lo haces, más te exiges.

Jack sonrió.

–A ti te gusta exigirte mucho, ¿verdad?

–Es la única manera de triunfar.

–Siempre que no te quemes.

–Es imposible que te quemes cuando haces lo que te gusta.

–Y a ti te gusta lo que haces.

–Más que nada.

–¿Incluso cuando te enfrentas a problemas como yo?

Se miraron y ella echó la cabeza hacia atrás.

–Tú eres un desafío, Jack.

–¿Redimible?

–Todo el mundo es redimible –le dio un golpecito en el pecho–. Tú también.

La siguiente parada fue en una instalación más nueva, separada del edificio principal, donde grupos de niños se dedicaban a pintar, disfrazarse y hacer tartas de barro, asistidos por las cuidadoras.

–¿Un jardín de infancia? –preguntó Jack.

–Un jardín de infancia extraescolar con servicio de autobús para recoger y llevar a los niños. También hay una guardería para los más pequeños y los recién nacidos.

Caminaron a lo largo de una valla recubierta de flores amarillas.

–En Estados Unidos hay muchas más mujeres pobres que hombres, y la brecha social es mayor aquí que en cualquier otro sitio del mundo occidental. Cuando los padres se separan o se divorcian son casi siempre las madres las que asumen la responsabilidad y el gasto de criar a los hijos. Guarderías, colegios, medicinas… son terriblemente caros. Mientras preparamos a una mujer para el mundo laboral nos aseguraremos de que a sus hijos no les falte de nada.

Una niña con zapatillas rosas y grandes ojos marrones vio a Becca y la saludó agitando su brocha por encima de la cabeza. Becca le devolvió el saludo y le lanzó un beso antes de conducir a Jack al interior del edificio.

–¿Quién era? –le preguntó él.

–Lo sabrás enseguida.

Entraron en una sala donde había media docena de ordenadores. Las mujeres sentadas ante los monitores levantaron la mirada y los saludaron.

Becca se sentó en un puesto libre y encendió el ordenador mientras Jack permanecía tras ella. Abrió una carpeta titulada «Antes» que contenía cientos de archivos.

–Estas son algunas de las mujeres a las que ha ayudado la fundación –hizo clic en un archivo y en la pantalla apareció la imagen de una mujer de aspecto triste y desaliñado, con la mirada apagada y expresión resignada.

–No llegó a acabar el instituto –dijo Becca, observando la pantalla–. Durante años sufrió el maltrato de su marido. Estuvo ingresada varias veces, pero nunca lo denunció porque temía que la próxima paliza fuera aún peor. Tenía la dentadura destrozada… ¿Te imaginas lo que debe de ser sentirse discriminado por tu sonrisa? Estaba viviendo en un refugio con sus hijos cuando acudió a nosotros.

–¿Encontró trabajo?

Becca le sonrió.

–¿No la reconoces?

–No –parpadeó un par de veces y miró con más atención–. Espera –había algo en aquellos ojos que…–. ¿Es Torielle?

–La foto es de hace dos años.

–La recepcionista con la sonrisa explosiva…

–Tenemos varios profesionales, dentistas incluidos, que donan su tiempo. Torielle trabaja aquí a media jornada mientras se saca el título.

–¿Y la niña que te saludó con la brocha?

–Es Chelsea, la hija de cuatro años de Torielle. Tiene dos hermanos mayores que van a la escuela. Son gemelos y los dos quieren llegar a ser pilotos. Chelsea quiere ser bailarina… Toda niña tiene un sueño, así que ¿por qué no?

–Un final feliz –dijo Jack mientras Becca hacía clic en la foto de Torielle con el nombre «Después».

–Nuestro propósito es llevar estos servicios a todos los rincones del país.

–Es un proyecto muy ambicioso.

–Según lo vemos nosotros, si damos un poco ahora, recibimos mucho más después.

Se levantó y le dedicó una bonita sonrisa. Jack la había visto sonreír con anterioridad, pero no de aquella manera tan radiante. Becca era una de esas personas que se iluminaban de vez en cuando. Físicamente era muy atractiva, pero era su actitud y exuberancia lo que la hacía brillar, incluso cuando estaba reprimiendo a alguien.

–¿Listo para probar otra cosa? –le preguntó ella.

–¿Qué tienes pensado? –le preguntó él, fijándose en su melena sedosa y ondulada.

–Algo diferente –le guiñó un ojo–. Y muy divertido.

Capítulo Seis

–Dios mío… ¿Qué demonios es eso?

Becca frunció el ceño y se acercó al perro de pequeño tamaño y aparentemente suelto.

–Tienes suerte de que no sea aprensivo.

Habían conducido desde Brightside House hasta un pequeño aparcamiento junto a la playa. Al bajarse del coche los estaba esperando el pequeño Chicho, como estaba previsto. Iba a desempeñar un papel fundamental en el desafío de Becca. Sería impensable que no bajara sus defensas ante aquella preciosidad.

Jack se estremeció al observar al perro.

–Lo siento, pero a mí me parece el chucho más feo que he visto en mi vida.

–¿Nunca has oído lo de que la belleza es superficial? –preguntó ella mientras le rascaba la cabeza al animal, la única parte donde le crecía el pelo–. Es un mestizo entre un chihuahua y un crestado chino.

–Si tú lo dices... –lo señaló con un dedo–. ¿Siempre lleva la lengua colgando?

Ella le dio un beso entre las orejas.

–¿A que es una monada?

–Nunca había visto nada igual.

–Chicho nos acompañará el resto del viaje.

Jack echó hacia atrás la cabeza.

–¿Ya lo conocías?

Chicho estornudó y Jack retrocedió.

–Esperemos que no tenga nada contagioso... ¿Huele?

–No tan bien como un sabueso.

–No me refiero a eso.

Becca le acarició el pelado lomo y Chicho sacó aún más la lengua.

–¿No tenías un perro de niño?

–¿Sería muy desconsiderado decir que esos ojos parecen los de una bestia poseída?

–Jack...

–Sí, teníamos un King Charles.

–Para acompañar a los pura sangre, ¿verdad?

Chicho batió el suelo con el rabo, delgado y rematado en un pompón, y Becca se puso en pie.

–Quiere que lo tomes en brazos –Jack se cruzó de brazos–. Vamos...

–Esto es ridículo.

Se resistió un poco más, pero finalmente soltó una profunda exhalación y agarró al perro. Chicho lo miró fijamente.

–¿Estás llevando a cabo una campaña canina?

–Todos necesitamos que nos quieran...

–No estarás intentando que lo adopte, ¿verdad? Porque mi estilo de vida no es el más apropiado para tener un animal en casa.

–Me lo ha prestado una amiga –la dueña de la cafetería que había junto al aparcamiento.

Chicho estiró el cuello y Jack se echó hacia atrás.

—¿Y esa amiga no quiere recuperarlo cuanto antes?

—Oh, vamos. En el fondo no eres tan duro.

Él arqueó una ceja.

—Yo diría que sí.

Chicho le puso una de sus minúsculas patas en el pecho, sin dejar de mirarlo. La imagen merecía una foto.

—Le gustas.

El perro emitió un ladridito y Jack esbozó un atisbo de sonrisa.

—Parece un ratón.

Becca se acercó y le acarició la cabeza a Chicho. El perro pegó la oreja al pecho de Jack y por un instante Becca se imaginó a sí misma acurrucada entre aquellos brazos cálidos y fuertes.

—Le encantan la arena y el agua.

—¿Es una insinuación para que lo lleve a pasear con música e imágenes a cámara lenta?

—No pretendo tanto —todavía. Pero sí que aspiraba a desvelar el lado más amable y compasivo de Jack.

Jack dejó a Chicho en el suelo y el perro echó a correr hacia el camino que conducía a la playa, donde se detuvo y miró hacia atrás como para asegurarse de que lo seguían.

Jack se protegió del sol con la mano y observó los alrededores.

—Nos hará falta una correa.

—En esta playa se puede dejar sueltos a los perros.

–¿Para que un perro más grande pueda comérselo?

–Eso nunca ha pasado.

–Un halcón podría atraparlo y llevárselo volando… estoy hablando en serio –añadió cuando Becca se echó a reír. No sabía si Jack sentía vergüenza o si solo se lo estaba poniendo difícil, pero fuera lo que fuera no iba a servirle de nada.

Lo rodeó para empujarlo. Pero cuando le puso las manos en el trasero sintió un calor abrasador que le subía por los brazos y se propagaba por sus zonas más íntimas. Al mismo tiempo él se dio la vuelta y le agarró juguetonamente las manos. Ella pensó en apartarse y poner rápidamente distancia entre ellos, pero la expresión de Jack se volvió tan intensa, su mirada tan penetrante, que no pudo moverse.

El ladrido de Chicho rompió el hechizo. Becca se echó hacia atrás justo cuando Jack se disponía a tirar de ella hacia él.

–Vamos, ve con él –lo acució con una voz involuntariamente ronca–. Te está esperando.

–¿Y tú?

–Tengo que ver a alguien –a la dueña de Chicho. Él avanzó dos pasos, cubriendo la distancia que los separaba. Becca se sintió minúscula, engullida por su imponente estatura.

–Dijiste que íbamos a hacer algo divertido.

El corazón de Becca latía tan frenéticamente que tuvo que tragar saliva para deshacer el nudo que le obstruía la garganta.

–Pues… –sonrió y se encogió de hombros–, que te diviertas.

Pero Jack no se movió, y Becca no se atrevió a pensar lo que pasaría si intentaba tocarla de nuevo. Sería muy fácil fingir que eran una pareja normal paseando a su perro por la playa… Pero no se trataba de ella. Y desde luego no eran una pareja.

La expresión de Jack terminó por relajarse y se agachó para quitarse los zapatos, permitiendo que Becca soltara un suspiro de alivio. Echó a andar hacia la playa y Chicho casi lo hizo tropezar al meterse entre sus piernas, haciendo reír a Becca. Entonces él la miró y también se rio, y el sonido de su risa, profundo, sincero y conmovedor, le llegó al corazón.

Tal vez hubiera esperanza…

Jack encontró un palo entre las algas secas para arrojárselo al perro. Hacía un día espléndido, a Jack le gustaba ir a la playa y tenía que admitir que aquel chucho era entrañable. Pero no podía quitarse a Becca de la cabeza. Entendía que lo hubiera llevado a Brightside House, y le gustaba su manera de mostrarle el cambio que había experimentado la vida de Torielle. La fundación hacía un buen trabajo, desde luego. Pero ¿en qué estaba pensando al mandarlo a pasear un perro? ¿Tendría algo que ver con una agencia de adopción de animales? Fuera lo que fuera, se trataba de convencerlo para que no se apropiara de Lassiter Media.

Le gustaría saber que aquella mañana le había hecho pensar. No solo eso; le había hecho sentir. Cada vez que se tocaban, aunque solo fuera un ligero roce, Jack sentía la química sexual que compartían sus cuerpos. Becca no se estaba haciendo la difícil… Era difícil. Por muy poderosa que fuera la tentación, sería imposible hacer nada con ella. Para Becca lo primero, lo último y todo lo que había en medio era su código moral.

Si llegaban a un acuerdo sobre el rescate de su amada fundación, Becca no se fiaría de que un sinvergüenza como él mantuviera su palabra y seguramente pediría que firmaran un contrato con cláusulas especiales. Y en tal caso, él también podría introducir un par de condiciones especiales y muy personales…

No, eso sería jugar demasiado sucio, incluso para él.

Acababa de lanzar otra vez el palo mientras veía desde lejos a Becca hablar con una mujer en la terraza de la cafetería cuando su móvil empezó a sonar. Era Logan.

—Angelica me ha llamado. Quería saber otra vez mi opinión.

—¿Y qué le has dicho? —le preguntó Jack.

—Lo mismo de siempre, que tiene que aceptar las cláusulas del testamento.

—Pero sigue negándose, ¿no?

—Aún no se puede creer que J.D. le hiciera esto. Está convencida de que hay una conspiración.

Jack se cambió el móvil de mano y volvió a arrojar el palo.

–Pobre chica…

–Angelica ya no es una chica.

–Una parte de mí la sigue viendo así –Jack siempre se había compadecido de Angelica por ser huérfana de madre, aunque su tía había sido la mejor sustituta que podría tener. Marlene, la cuñada viuda de J.D. seguía viviendo en una ala privada del Big Blue.

Su hijo, Chance, había heredado el sesenta por ciento del rancho. La desproporcionada generosidad de J.D. hacía que Angelica y Jack se preguntaran si aquel favoritismo no estaría condicionado por el género. ¿Cómo habría sido el testamento si J.D. hubiese tenido un hijo en vez de una hija?

Jack no había vuelto a pensar en ser padre desde que se enamoró de Krystal en la universidad. En su testamento se lo dejaba todo a Sylvia, a unos pocos amigos íntimos y a obras de beneficencia.

Chicho se levantaba sobre las patas traseras con la lengua fuera, impaciente por seguir jugando.

–Estaré fuera el resto de la semana –le dijo Jack a Logan mientras volvía a lanzar el palo. No había por qué darle más detalles. El abogado ya estaba bastante irritable por la situación.

–Pero ten el móvil encendido –le pidió Logan.

–Angelica sabe que puede llamarme a cualquier hora.

–¿Y si quiere hablar en persona?

–Ahí estaré, sin dudarlo.

–Quizá sería mejor que te mantuvieras al margen una temporada…

–No puedo hacerlo, Logan. Hemos acordado que respetaríamos las reglas.

–Sí, lo sé –admitió Logan con un suspiro.

Logan interrumpió la llamada al ver que Becca abandonaba la cafetería y bajaba hacia la playa.

–Te he visto hablando por teléfono –le dijo al llegar junto a él–. ¿Era una llamada de trabajo?

–Siempre es por trabajo.

–¿Algo urgente?

–Todo está controlado –miró hacia la cafetería–. Tenía la esperanza de que trajeras algo de comer.

–¿Y tú, Chicho? –le preguntó Becca al perro, agachándose para acariciarlo–. ¿Tú también tienes hambre?

El perro estornudó, ladró y agarró el palo con la boca para dejarlo otra vez a los pies de Jack.

–¿Es que no se cansa nunca? –le preguntó él a Becca–. Le he arrojado el palo cien veces.

–¿Cien?

–Cincuenta, por lo menos.

Becca les hizo un gesto para que la siguieran y Jack echó a andar tras ella. Chicho permaneció donde estaba, junto a aquel estúpido palo, y Jack silbó con los dedos.

–Muévete, tortuga.

Chicho corrió hacia él y se lanzó a sus brazos. Jack tuvo que apartar la cabeza para evitar sus salvajes lengüetazos.

–¿Qué clase de colaboración lleva a cabo la fundación con los refugios de animales? –le preguntó a Becca.

–Ninguno. Simplemente se me ocurrió que os podríais conocer –dijo ella mientras recogía los zapatos de Jack, teniendo él al perro en las manos–. Los animales hacen mucho bien a las personas.

–También las otras personas.

–Sí, es importante tener amigos.

–¿Y si nos hacemos amigos tú y yo?

Ella le dedicó una sonrisa.

–Jack… Ya sabes que eso es imposible.

–Pero ¿sería posible si me olvidara de Lassiter Media?

Un brilló de esperanza destelló en los verdes ojos de Becca.

–Sería un buen comienzo, desde luego.

Mientras se dirigían hacia la cafetería, Jack pensó en la última parte de la conversación. Tendría que haber añadido «con beneficios».

Estaba leyendo el nombre de la cafetería cuando una furgoneta se detuvo junto al Bambino. Jack se puso en guardia al ver el logo de un programa de televisión muy popular en el costado. La prensa siempre lo había acosado. Se tranquilizó al pensar que nadie sabía que estaba allí, ni siquiera Sylvia. Aquellos reporteros seguramente se habían detenido para tomar un café.

Pero entonces del vehículo se bajó un hombre con una cámara al hombro, seguido de una mujer bien vestida con un micrófono en la mano y que sonrió a Jack como si la estuviera esperando.

¿Sería aquella emboscada obra de Becca?

Capítulo Siete

De camino a la cafetería, Becca oyó a alguien gritar el nombre de Jack y se detuvo para ver quién lo llamaba. Una mujer alta y esbelta vestida con un traje color mandarina y un hombre con una cámara al hombro se dirigían hacia ellos.

Un escalofrío le traspasó el estómago. Nadie aparte de su amiga sabía que estaba en aquel lugar. ¿Qué hacía un equipo de televisión allí? ¿Y qué pensarían al verlos a los dos juntos?

–¿Tú sabes algo de esto? –le preguntó Jack, sujetando a Chicho con fuerza.

Ella negó con la cabeza.

–Lo confundirán todo…

–Odio los medios.

–¿Te has percatado de que la compañía que quieres adquirir se llama Lassiter Media? Aunque no creo que mantengas ese nombre mucho tiempo…

Jack se cambió a Chicho de postura.

–Podemos seguir provocándonos o arrojarles unas migajas y confiar en que nos dejen en paz.

–¿Qué migajas? –preguntó Becca.

Él sonrió maliciosamente.

–Se me ocurren un par de ellas…

–El señor Reed, ¿verdad? –le preguntó la reportera al llegar junto a ellos–. Jack Reed. Y usted es Becca Stevens, la directora de la fundación Lassiter. ¿Podrían concedernos unos minutos?

–Por supuesto –respondió Jack por los dos.

–Señor Reed, sin duda conoce la inquietud que
está generando el rumor de que usted y Angelica Lassiter puedan adueñarse de Lassiter Media después de
que a ella la privaran de la dirección de la empresa.
¿Le importaría contarnos qué hace aquí con una res-
petable miembro del equipo de Evan McCain?

–La señorita Stevens y yo tenemos que tratar
asuntos concernientes a la fundación –replicó Jack.

La reportera ladeó la cabeza y se fijó en los zapatos de Jack, que Becca sostenía en la mano.

–Un día de playa me parece un modo muy extraño
para hablar de negocios… ¿No parece más bien una
cita? Y en ese caso, señorita Stevens, ¿cómo explica-
ría este encuentro a sus colegas de la fundación Lassiter, los cuales no tienen muy buena opinión del señor Reed en estos momentos?

A Becca empezó a hervirle la sangre. Tal vez la
imagen que estaba dando con Jack no fuera del todo
aceptable a primera vista, pero sus colegas nunca se
creerían que se había convertido en una traidora. Todos la conocían bien y sabían que su lealtad hacia la
fundación era inquebrantable.

–Como el señor Reed acababa de decir –respondió con un ligero temblor en la voz–, estamos hablando exclusivamente de negocios.

La reportera entornó sus ojos azules.

–Entonces ¿son infundados los rumores de que hay algo más entre ustedes?

Becca se quedó anonadada.

–¿Pero qué…? –empezó a explotar, pero Jack se le adelantó.

–El único propósito que me ha traído aquí es cimentar mi ya sólido apoyo a la Fundación Lassiter. Y ahora, si nos disculpan, llegamos tarde a una cita. Les estaré muy agradecido que respeten nuestra intimidad.

¿Cómo reaccionaría Evan McCain cuando se enterara? Becca había intentado mantener en secreto su plan para disuadir a Jack de sus propósitos, pero iba a tener que hablar con Sarah, su ayudante, y también con Evan, para asegurarles que no había cambiado de bando y que nunca lo haría.

Jack dejó a Chicho en el suelo y Becca lo condujo a la terraza con vistas al mar.

–El perro nos ha seguido –observó Jack, mirando a los otros clientes de la cafetería.

–No pasa nada. Confía en mí.

Apenas se sentaron en una mesa con un letrero de reservada cuando apareció la amiga de Becca, vestida con una falda vaquera y un chaleco. Habían mantenido una charla en aquella misma mesa un rato antes, mientras Jack estaba en la playa.

–Jack Reed, te presento a Hailey Lang.

–Encantada de conocerte –le saludó Hailey con un ligero acento texano. Su familia se había trasladado desde Houston veinte años antes, cuando Hailey tenía ocho–. He visto que os estaba incordiando una reportera.

–Están por todas partes –comentó Becca, y se fijó en que Hailey apartaba la mirada antes de volver a hablar.

–¿Cómo estás, Chicho?

–¿Ya os conocéis? –le preguntó Jack.

–Es mi bebé –respondió Hailey mientras el perro se sentaba a sus pies–. Todo el mundo lo conoce por aquí.

Jack se recostó en su silla.

–Parece que le tienes mucho cariño.

–Así que va a hacer un viaje con vosotros… Una de las cosas que más le gustan es viajar en el asiento delantero.

–Y también que le arrojen palos. Lo que me recuerda que… –Jack se levantó–. Si me disculpáis, tengo que lavarme un poco antes de comer.

Se marchó y Hailey se agachó junto a la silla de Becca.

–Becca, cariño, creo que te debo una disculpa. La reportera que os estuvo acosando antes… Hay una clienta que viene a almorzar casi a diario. Su hija trabaja para el mismo canal que esa reportera. Debió de oír nuestra conversación cuando me estabas contando lo que hacías aquí con Jack Reed. Creo que le dio el soplo a su hija.

Becca lo pensó.

–¿La pelirroja con el recogido francés que estaba

sentada dos mesas más allá? –había notado que la mujer las miraba continuamente.

–Anita McGraw es una cotilla y siempre está buscando los trapos sucios de todo el mundo –Hailey suspiró–. ¿Te causará muchos problemas, cariño?

Ya nada podía hacerse. Y Becca no quería que Hailey se sintiera responsable.

–No, tranquila –le aseguró a su amiga mientras Jack volvía a la mesa.

De todos modos llamaría a Sarah y a Evan y decidiría si seguir o no adelante con sus planes.

Aliviada, Hailey se levantó.

–¿Hace falta que vea el menú? –preguntó Jack, arrimando su silla a la mesa–. Estoy abierto a sugerencias.

–Ensalada del Chef y la pizza de la casa, con jamón, pera caramelizada y queso de cabra.

–Pizza para mí –dijo Becca.

–Que sean dos. ¿Cómo os hicisteis amigas? –preguntó Jack mientras extendía una servilleta en su regazo.

–Hace un par de años a Becca se le averió el coche aquí cerca –dijo Hailey–. Chicho me avisó de que alguien necesitaba ayuda. Se puso a correr en círculos a mi alrededor como si su rabo estuviera ardiendo.

–La bomba de agua –explicó Becca–. El motor estaba echando humo.

–Tengo un primo que trabaja aquí al lado… El mejor mecánico del pueblo –continuó Hailey–. Su especialidad son los coches viejos.

–Los clásicos –corrigió Becca–. Quería comprármelo, ¿te acuerdas?

–Claro. Pero tú no quisiste vendérselo ni cuando te ofreció el doble de lo que vale.

–El caso es que Hailey me ofreció una cama para pasar la noche mientras reparaban mi coche. Chicho durmió a mis pies.

Hailey suspiró y miró a Chicho, que seguía mirándola con adoración canina.

–Este perro tiene muy buen ojo para elegir a las personas.

Jack sonrió.

–¿Y aun así yo le gusto?

–Os hemos estado observando en la playa –Hailey le guiñó un ojo a Jack–. Le gustas mucho.

Becca experimentó lo que los psicólogos llamaban una «disonancia cognitiva». Sabía que Chicho solo aceptaba a las personas de buen carácter. Jack no tenía buen carácter y sin embargo a Chicho le gustaba. No tenía sentido.

–Voy a terminar de preparar la nevera –dijo Hailey.

–¿La nevera? –repitió Jack–. ¿Es que nos vamos de picnic?

–De picnic exactamente no –respondió Becca.

–¿Otro de tus destinos secretos? –le preguntó él con una sonrisa.

–Pero esta vez sin la menor posibilidad de que nos moleste la prensa –levantó su vaso–. Te lo garantizo.

Lo primero, sin embargo, era hablar con el jefe.

Tres horas más tarde, habiéndose cerciorado durante todo el trayecto de que la prensa no los seguía, Becca detuvo el Bambino en medio de la nada, o mejor dicho, en algún lugar al este de Fresno.

Chicho dormía en el pecho de Jack. Lo había puesto perdido de babas, pero no quería pensar en ello y se puso a observar los alrededores. Estaban frente a una cabaña solitaria en mitad del bosque.

–¿Qué es esto? ¿Un campo de entrenamiento?

Becca echó el freno de mano.

–Pues sí, en efecto.

Se bajó del coche y Jack se preguntó cómo podría hacer lo mismo sin despertar al perro, que dormía plácidamente. Pero cuando Becca le abrió la puerta, Chicho se removió, soltó un gran bostezo y saltó a la alfombra de agujas de pinos para correr.

Jack salió del coche y estiró los agarrotados miembros, frunciendo el ceño cuando el perro desapareció entre los árboles.

–¿No temes que pueda perderse?

–Chicho ya ha estado aquí antes –le tendió a Jack su bolsa–. Vendrá en cuanto lo llames –le aseguró Becca.

–Si a ti no te preocupa, a mí tampoco –agarró la nevera del asiento trasero y cerró la puerta con la cadera–. ¿Qué ha metido Hailey aquí? ¿Bloques de cemento?

–Pan, fruta, queso, refrescos…

–¿Cerveza?

–Y vino.

Definitivamente iban bien preparados. Para qué, no tenía ni idea.

–Entiendo lo de la visita al instituto y a Brightside House, pero ¿qué voy a hacer aquí con un perro?

–Te he secuestrado por dos días y dos noches –respondió ella, dirigiéndose hacia la cabaña–. Te he traído aquí para alejarte de tu obsesión por los negocios y el poder y que puedas entrar en contacto con la realidad y liberar tu yo más auténtico y humano.

–Te veo muy soñadora.

–Muchos sueños se han hecho realidad porque alguien creía en ellos y hacía que los demás también creyeran.

Jack no podía rebatir aquella afirmación.

–¿Y el chucho?

–Sabía que te haría sonreír de un modo al que no estás acostumbrado…

–¿Esperas que cambie de opinión sobre Lassiter Media solo porque he jugado con un perro y me ha hecho sonreír?

–Todo lo que hacemos provoca emociones relacionadas con la toma de decisiones. Tengo la esperanza de que durante esta semana no solo sonrías de otra manera, sino de que empieces a pensar de otra manera.

–¿Sabe Evan algo de esto?

–Ahora sí. Le llamé antes de salir de la cafetería. No quería que se enterara por otras fuentes.

–¿Y qué ha dicho?

–Que confía en mi buen criterio y que admira mi determinación.

–En ese caso te mereces un sobresaliente en ingenio. Salvo por un pequeño detalle… Nunca dejo que las emociones influyan en mis decisiones.

La expresión de Becca no vaciló.

–Entonces nos tomaremos esto como un simple descanso de la civilización.

Por supuesto. Aunque no le hacía mucha gracia la compañía del perro, con mucho gusto pasaría allí un par de días con aquella hermosa mujer. Tal vez fuera él quien la hiciera cambiar de idea… y no se refería a los negocios.

El interior de la cabaña estaba tan oscuro que había que encender la luz aunque solo eran las cuatro de la tarde. Pero Becca no encendió nada y Jack tuvo que esperar un poco a que sus ojos se adaptaran. La habitación estaba escasamente amueblada, sin cortinas. Algunas paredes estaban enyesadas y olía como si los mapaches hubieran anidado en los armarios.

–¿De quién es esta cabaña? ¿De la fundación?

Encontró a Becca en una habitación con una cama de matrimonio cubierta con una colcha de retales. Sobre el cabecero colgaba un cuadro de amapolas. Becca estaba dejando su bolsa junto a un armario cojo.

–Pertenece a mis padres.

–¿Cuándo se ocupó por última vez? –aspiró el olor a cerrado y humedad–. ¿En 1965?

–¿Te sientes incómodo? –le miró con las manos

81

en las caderas–. ¿Lejos de tu ambiente de lujo y riqueza?

–¿No se trataba de eso?

Ella miró por la ventana con una triste sonrisa.

–Veníamos aquí de vacaciones una semana al año. Sin televisión, sin secadores ni…

–¿Electricidad?

Había un camping gas sobre una cajonera. Becca lo encendió y la habitación se llenó de luz blanca.

–¡Tachán!

Jack se acercó a ella, atraído por su radiante sonrisa.

–Muy rústico –se detuvo lo bastante cerca para absorber la satisfacción y el orgullo que brillaban en sus ojos–. ¿Hay otro dormitorio?

–Sí, con dos literas para niños, no para un hombre de tu tamaño.

A Jack le dio un vuelco el corazón.

–¿Una sola cama?

–Y un catre –señaló el camastro que había en un rincón.

–Ya… –se rascó la sien.

–Me quedo yo con el catre.

Jack gruñó mientras ella se acercaba para examinarlo.

–No voy a permitir que pases la noche en eso, Becca.

–Mucha gente duerme en bancos, portales, callejones, debajo de los puentes, en el metro, entre contenedores de basura…

–Está bien, está bien –ya había oído bastante–. Duermo yo en el catre.

–Lo vas a romper.

–Si lo hago, te lo pagaré. Pero aún falta mucho para acostarse. ¿Qué tienes pensado hacer hasta entonces? ¿Contar historias de miedo alrededor de una hoguera?

–¿Una hoguera? ¿Quieres decir ahí fuera, con los osos y las serpientes?

Jack se quedó pensativo.

–Primero vamos a preparar las camas –dijo ella–. Y luego un baño relajante para quitarse el polvo del viaje.

Una imagen de los dos en una bañera llena de espuma, enjabonándose mutuamente, apareció ante sus ojos. Solo era una fantasía, pero no quería desechar la idea tan pronto.

–Suena bien.

–Estupendo. Pero vamos a necesitar diez cubos llenos.

–¿Llenos de qué?

–De agua. No hay ducha ni bañera, pero sí una tina.

La sonrisa de Jack se esfumó.

–¿No vas a decirme cuánta gente se las arregla sin agua corriente?

–No hace falta. Te lo puedes imaginar tú mismo.

Sacó varias sábanas de la cómoda mientras Jack se colocaba al otro lado de la cama. Becca extendió la sábana bajera y metió el extremo elástico bajo las esquinas. Jack hizo lo mismo al otro lado.

Pan comido.

—¿Nunca has hecho una cama? —le preguntó ella mientras extendía la sábana encimera.

—Por supuesto que sí.

—Supongo que tendrás una asistenta que se ocupe de esas cosas.

—Los días laborales.

—¿Cuánto tiempo lleva trabajando para ti?

—Mary lleva conmigo unos cuatro años.

—¿Una empleada de larga duración?

—Se podría decir que sí.

—¿Mary qué más?

—¿Por qué quieres saber el apellido de mi asistenta?

—Solo es curiosidad.

Estiraron la sábana sobre el colchón. Jack intentó acordarse del nombre completo de su asistenta, sin éxito.

—Estará en mi móvil.

—Ya… —murmuró ella.

—¿Acaso tú te sabes los nombres de tus emplea-dos?

—No pasa nada, Jack. De verdad.

—¿Ahora te pones en plan paternalista?

—¿Y por qué te pones tú a la defensiva?

—Estoy muy contento con lo que soy.

—De eso se trata, ¿no? —repuso ella mientras metía la sábana bajo el colchón.

—¿Por qué tengo la impresión de que me has insul-tado?

—Eres lo bastante inteligente para imaginártelo.

84

–Aun así quiero saberlo.

Ella rodeó la cama hacia él.

–Vives rodeado de privilegios. Nunca te han faltado las sábanas limpias ni las personas que las cambiaban por ti. Muchos niños tienen que lavarse ellos mismos la ropa, muchos otros darían lo que fuera por tener una cama en la que dormir… ¿Quieres que siga?

Él se rascó la nuca.

–Ahora no.

–¿Quieres aprender a hacer bien la cama, entonces?

Jack se apartó para dejarle espacio. Ella se inclinó para enseñarle cómo se estiraba y doblaba el borde de la sábana, pero a él le interesaban más sus piernas y su trasero.

–¿Crees que podrás hacerlo? –le preguntó ella al acabar y volverse hacia él.

Jack adoptó una expresión insegura.

–Quizá necesite ayuda…

Ella volvió a su lado de la cama y le señaló la esquina del colchón.

–Adelante.

Él agarró la sábana por el extremo equivocado.

–Demasiado lejos –señaló ella–. Suelta la sábana y vuelve a intentarlo.

Él obedeció y agarró la sábana por otro sitio.

–Tampoco –dijo ella pacientemente–. Así.

Se colocó de nuevo entre él y la cama y volvió a agacharse. Jack apenas oyó las instrucciones. «… dobla un poco por aquí… estira así…». Sin pensar en lo que hacía, puso la mano encima de la suya y los dos metieron la sábana bajo el colchón.

—¿Así? —le preguntó muy cerca del oído.

Ella no se sobresaltó ni se puso rígida, y Jack cerró los ojos para saborear el momento. Cuando ella se enderezó finalmente, los dos permanecieron inmóviles, con la mano de Jack sosteniéndole la suya. Él la rodeó con un brazo por la cintura y oyó como ahogaba un gemido. Apretó un poco más el brazo y se la imaginó mordiéndose el labio mientras reprimía el impulso de dejarse llevar.

Le rozó la sien con los labios, la mejilla, la mandíbula, empapándose de su fragancia femenina. Al rozarle el lóbulo de la oreja sintió que se estremecía y la oyó suspirar quedamente. Descendió con la boca por el cuello, y ella empezó a ladear la cabeza.

La mordió suavemente en la unión del cuello y el hombro mientras le soltaba la mano y recorría la parte frontal del vestido. A través de la tela palpó el borde de las braguitas y la ligera protuberancia del pubis. Ella dejó escapar un débil gemido y el cuerpo de Jack empezó a reaccionar.

—¿Jack…?

—¿Mmm?

—La cama.

—¿Qué pasa con la cama?

—La estamos haciendo.

Él sonrió y volvió a llevar la boca a su oreja.

—Me gusta hacer la cama contigo.

Hundió los dedos entre sus muslos y ella emitió

un suspiro tan sensual que le prendió a Jack una llamarada en el estómago. Deslizó la mano libre por su costado y bajo el pecho, pero ella se la agarró.

–No estamos aquí para esto.

Estaban allí para alejarlo de su entorno y machacarlo con las penalidades que sufrían los menos afortunados.

–Está bien –le mordió con más fuerza el cuello–. Entonces no sigo.

Pero no retiró la mano que tenía entre sus piernas y ella se la apretó, no para apartarla, sino para mantenerla donde estaba. Subió la otra mano hasta el pecho y le dio un ligero apretón. Becca se derritió un momento antes de apartarle las dos manos y darse la vuelta. Pero cuando abrió la boca para hablar, él se adelantó y agachó la cabeza para besarla.

Capítulo Ocho

Cuando Jack tiró de ella y la besó en la boca, los reparos y escrúpulos de Becca se disolvieron como una cucharada de azúcar en agua hirviendo. Le echó los brazos al cuello y se sumergió de lleno en la pasión del beso.

Hasta un momento antes se habría resistido. No había ninguna justificación posible para su reacción. No había llevado a Jack a aquella cabaña para eso... pero en el fondo había estado anhelando aquel momento.

Las sensaciones la embargaban. Sentía los pechos apretados contra el torso de Jack. Una corriente de fuego líquido se propagaba por su interior.

Jack le sujetó la mandíbula y se tumbó de espaldas en la cama, arrastrando a Becca con él. Ella entrelazó una pierna con la suya, sin separar los labios, y los dedos en sus negros cabellos mientras él deslizaba las manos por sus costados.

Becca se arqueó y se pegó a él. A través de la ropa sintió su dureza viril, y alargó una mano hacia atrás para colocarla sobre la mano que le masajeaba el muslo.

Jack introdujo la mano bajo el vestido, le bajó la parte posterior de las braguitas y una descarga eléctrica sacudió violentamente a Becca. Todo aquello era maravillosamente nuevo, alocado e irresistible. Necesitaba estar desnuda con Jack. Se moría por sentir el contacto de su piel ardiente. Apenas podía respirar. El anhelo era demasiado fuerte, demasiado intenso y peligroso...

Él le agarró el bajo del vestido y ella se incorporó y levantó los brazos para que se lo quitara por encima de la cabeza. Sentada a horcajadas sobre sus caderas, con la cabeza hacia atrás y los ojos cerrados, se inclinó hacia delante cuando él le apretó los pechos hasta liberarlos de las copas del sujetador. Sus manos eran grandes, cálidas y deliciosamente ásperas...

Mientras él le masajeaba y pellizcaba los pezones, ella alargó la mano hacia atrás para desabrocharse el sujetador.

Pero entonces cometió el error de bajar la mirada y verse semidesnuda, a horcajadas sobre un hombre vestido con el que hasta pocos días antes ni se le hubiera pasado por la cabeza acostarse.

Jack Reed. Su enemigo número uno...

—No puedo hacerlo —dijo, cubriéndose con el vestido.

—No te preocupes —se estiró para besarle el cuello—. Yo te ayudaré.

—Quiero decir que es un error —él la besó en la barbilla—. Una equivocación.

Un segundo después se encontró tendida de espaldas con Jack desabotonándose la camisa sobre ella. Su pecho era musculoso, bronceado, y a Becca le picaron los dedos por el deseo de tocarlo. Pero cuando él se quitó los pantalones y los calzoncillos, sintió que le ardían las mejillas. Estaban yendo demasiado rápido.

Él apoyó una mano junto a su cabeza e introdujo una rodilla entre las suyas. El pánico se apoderó de ella y lo empujó con fuerza del pecho cuando él empezó a descender. Jack la miró extrañado, pero se retiró lentamente.

—Quieres que pare… —no era una pregunta, aunque su mueca no era precisamente de agrado.

—Hace un momento estábamos haciendo la cama, y al minuto siguiente…

—Me estabas besando.

—¡Me has besado tú!

Él esbozó una sonrisa, mostrando sus blancos dientes.

—Tú también lo has hecho.

Cierto, lo había hecho. Y cuánto quería volver a hacerlo… Pero no podía. Y aunque pudiera… Se fijó en el cuerpo y la erección de Jack. El corazón le dio un vuelco, tragó saliva y se mojó los labios.

—No tenemos protección, Jack.

—Tengo preservativos.

—¿Ah, sí?

¿Acaso Jack sabía lo que iba a ocurrir?

—Es mejor estar siempre preparado —aclaró él.

Un buen razonamiento, pero le recordaba a Becca lo preparado que había estado Jack en otras muchas ocasiones, con tantas otras mujeres.

90

Sacudió enérgicamente la cabeza.

–No puedo hacerlo.

–¿No puedes hacer qué?

–Esto… Acostarme contigo.

Él dudó un momento, soltó una profunda espiración y se llevó su mano a los labios para besársela.

–Es una lástima… –murmuró, y empezó a besarle la punta de los dedos.

Becca se estremeció de placer. Jack era un hombre arrebatadoramente sexy, increíblemente atractivo y olía de maravilla. Pero aquello no era una buena idea. Aunque no estuviera por medio el asunto de Lassiter Media, Jack era un consumado mujeriego para quien el sexo no era más que un pasatiempo, igual que el tiro con arco.

Se escurrió de debajo de Jack y apoyó los pies en el suelo. Evitando su mirada, se puso el sujetador y el vestido. Sus braguitas, en cambio, parecían haberse esfumado. Al levantarse se sintió mareada y confusa, incapaz de asimilar los últimos minutos.

Tras ella oyó el crujido de la cama. Jack también se había levantado.

–He visto un lago cuando veníamos hacia acá –dijo él mientras ella lo oía vestirse–. Necesito darme un chapuzón. Unos cuantos cubos de agua no bastarán para enfriarme…

Rodeó la cama hasta colocarse ante ella y le levantó la barbilla con un dedo. Su mirada reflejaba decepción, pero también comprensión.

–¿Por qué no vienes y me haces compañía?

El estómago le dio un vuelco.

—Tengo que deshacer el equipaje, hacer la cama…

—Te lo advierto, Becca: si vuelves a pronunciar la palabra «cama» no me hago responsable de mis actos.

«¡Cama, cama, cama!», gritó ella en su cabeza, pero se cruzó de brazos para resistir el impulso de tocarlo.

—Tú ve a refrescarte. Yo estaré bien aquí.

Él fue hacia la puerta del dormitorio.

—Encontraré al chucho mientras estoy fuera.

Ella no respondió y él salió de la cabaña. Becca encontró sus braguitas, se las puso y se sentó en la cama como un peso muerto.

Al cabo de tres largos minutos el cuerpo seguía vibrándole, zumbándole y ardiendo. La energía reprimida la estaba volviendo loca, y no se aplacaría a menos que hiciera algo para desahogarse.

Pensó en las tranquilas y frescas aguas del lago. Si nadaba hasta la extenuación no tendría fuerzas ni para pensar en abalanzarse sobre Jack. Apretó los puños e intentó pensar con claridad. Finalmente, sacó dos toallas del aparador y el biquini de la bolsa y salió corriendo para alcanzar a Jack.

Llegó al lago a tiempo para ver a Jack tirarse al agua desde el muelle. Su ropa colgaba de una rama junto al arbusto tras el cual decidió ocultarse. Chicho esperaba en el extremo del muelle, ladrando frenéticamente, hasta que también él se tiró al agua. Al perro le encantaba nadar.

También Jack parecía desenvolverse muy bien en el agua. Recorrió un buen trecho a nado y se dio la vuelta para nadar hacia Chicho, que disfrutaba como un loco. Jack se rio y su risa resonó sobre el lago y las copas de los árboles hasta envolver a Becca.

El agua ofrecía un aspecto delicioso, al igual que aquellos brazos y hombros musculosos, aquella radiante sonrisa y aquellos cabellos mojados de color castaño oscuro. Un aspecto tan delicioso que Becca se vio obligada a aceptar la verdad. Aunque Jack Reed fuese un canalla y el mundo le diera la espalda a Becca si se descubría su relación, no podía seguir negando la evidencia: Jack le gustaba. Le gustaba su sonrisa y su ingenio, y le gustaban sus besos.

Se puso el biquini detrás del arbusto y se acercó al muelle mientras él nadaba en dirección contraria. Se zambulló y permaneció bajo el agua hasta que se quedó sin aire. Al emerger, Jack estaba junto a ella, esperando a menos de un metro.

Soltó un grito y Chicho ladró. Jack se limitó a sonreír.

Al tirarse al agua Jack se acercó a ella, levantando pequeñas olas que lamieron el cuello y la barbilla de Becca.

Parecía tan relajado y satisfecho que Becca no podía darse por vencida tan fácilmente.

–Pensé que un baño me ahorraría tener que llenar la bañera… –él sonrió y Becca frunció el ceño.

Nadó hacia ella, extendiendo sus largos y fuertes brazos a escasos centímetros bajo el agua.

—Vamos, sé sincera. Querías venir a jugar…

Se acercó más… y más, lo bastante cerca para que Becca pudiera tocarlo.

—Tal vez —admitió.

Pero él negó con la cabeza.

—¿Qué? —preguntó ella. Los brazos le dolían por el esfuerzo de mantenerse a flote.

—Esta vez no voy a hacerlo.

—¿Hacer qué?

—Quieres que te bese. Pero si lo hago, te inventarás cualquier excusa para parar.

—Yo no me invento excusas —fue lo único que se le ocurrió responder.

Él nadó en círculos a su alrededor, mirándola con aquella enervante sonrisa.

—¿Por qué no vienes hacia mí?

Becca intentó sostenerle la mirada, pero al final se mordió el labio y desistió.

—Esto no es propio de personas adultas.

—¿Podemos ser lo bastante adultos para reconocer que nos sentimos atraídos el uno por el otro? —se acercó y Becca imaginó que era su lengua y no el agua la que le lamía el vientre y la entrepierna.

Asintió.

—¿Conoces las consecuencias? —le preguntó él.

Ella volvió a asentir.

—¿Y aun así lo deseas?

—Sí.

Unas manos fuertes y ardientes la agarraron por los hombros. Un segundo después sus bocas se unieron y Becca se encontró entre sus brazos. Él la apretó contra su pecho y la besó como no existiera nada más que ellos dos y las sensaciones que brotaban de sus cuerpos.

Cuando dejó de besarla mantuvo la boca casi pegada a la suya.

–¿Estás bien?

Ella le sonrió.

–Bien no es la palabra.

Él volvió a saborear sus labios.

–Rodéame con las piernas.

Ella le echó los brazos al cuello y le rodeó las caderas con las piernas, clavando los talones en la parte posterior de sus muslos. Jack la agarró por el trasero y la acercó a él. Al sentir su erección en la entrepierna Becca echó hacia atrás la cabeza y soltó un gemido ahogado, invadida por un torrente de calor.

Jack introdujo las manos en el biquini, palpándole el trasero y luego la entrepierna. Con los dientes le apartó la parte superior del biquini hasta dejar un pezón al descubierto, justo por encima del agua. Lo tocó con la lengua mientras le acariciaba lentamente el sexo. Entonces le rozó el pezón con los dientes al tiempo que le introducía un dedo.

Ella ahogó un gemido, se estremeció de la cabeza a los pies y le sujetó la cabeza contra el pecho. La punta de la lengua le rodeó el pezón mientras unos dedos increíblemente expertos la tocaban más abajo.

Jack movía un dedo en su interior, acariciándole el punto G, mientras con otro dedo le apretaba el clítoris. El ritmo era lento y constante, ejerciendo la velocidad y presión adecuadas. No pasó mucho tiempo hasta que Becca comenzó a seguir el ritmo de las caricias con sus caderas.

Las sensaciones se incrementaban a cada segundo. Un creciente hormigueo le recorría las venas. Necesitaba sentir su boca, que la besara. Pero las cosas que sus labios, dientes y lengua le estaban haciendo la transportaban hacia el clímax a una velocidad vertiginosa.

Al estallar el orgasmo, Becca se apretó contra él y soltó un grito que debió de oírse hasta en Montana. Jack observó el torrente de sensaciones de su bello rostro mientras ella seguía temblando y gimiendo.

Cuando sintió que Becca se relajaba, la rodeó por la cintura para sostenerla contra el pecho. Ella apoyó la ardiente mejilla en su cuello y él la hizo girar lentamente en el agua. Los jadeos cesaron y la respiración volvió a su ritmo normal. De vez en cuando Becca sacudía las piernas y volvía a apretarlas. Jack la besó en la cabeza, cerró los ojos y deseó que todos los días fueran tan divinos como aquel.

Al cabo de unos pocos minutos, ella soltó un profundo suspiro, deslizo una mano por su hombro y levantó el rostro. Su sonrisa era plácida y satisfecha. La sonrisa más bonita que Jack había visto en su vida.

–Parece que te vendría bien echar una cabezadita…

–¿Estás de broma? –le preguntó, medio grogui. No te voy a dejar dormir más.

¿Le estaba diciendo que quería hacerlo todas las noches? Él estaría encantado de complacerla, al menos por un tiempo. Cuando volvieran a la ciudad Becca querría recuperar la relación que tenían antes, esa en la que fingía profesarle un odio acérrimo.

Ella estiró los brazos sobre la cabeza y se frotó contra él, lamiéndolo en el punto del cuello donde el pulso le latía frenéticamente.

–Sabes muy bien… –murmuró sin despegar la boca de su piel–. Quiero lamerte entero.

–Para eso tendremos que salir del agua.

–¿Por qué? –le preguntó con una sonrisa.

–Primero, nos vamos a arrugar como pasas. Segundo, el agua se está enfriando. Tercero, algo me está mordiendo los dedos de los pies. Cuarto…

–No tenemos protección –concluyó ella. Por su expresión parecía estar recuperando la lucidez.

–Tendremos que levantar el campamento, pero míralo por el lado bueno –dijo él–. Nadie tendrá que dormir en el catre.

Ella volvió a apretarlo con las piernas.

–Te echo una carrera hasta la orilla.

–Bueno, pero no creo que… –emitió un gruñido cuando ella lo empujó con los pies en el vientre para impulsarse. Jack le dio un poco de ventaja y se lanzó en su persecución. Cuando la poca profundidad impidió seguir nadando, se puso en pie y recorrió los últimos metros levantando los pies del agua. Ella hizo lo mismo, riendo y chapoteando, y le ganó por un pelo. El premio fue recibir el placaje de Jack y caer sobre la hierba, pero de tal manera que acabó encima de él y no al revés. Jack se giró de costado para apresarla bajo su cuerpo mientras ella reía sin parar.

La risa descontrolada le provocó un ataque de tos. Jack la hizo incorporarse y le dio unas palmaditas en la espalda. No se le había pasado por alto que su cuerpo era aún más espectacular fuera del agua.

–He traído toallas –dijo ella cuando se le pasó la tos. Temblaba de frío y se le había puesto la piel de gallina.

Jack se levantó y fue a por las toallas que ella había dejado junto al arbusto. Pero cuando volvió con Becca la encontró con la espalda muy erguida, mirando el agua con expresión de alerta. A Jack se le hizo un nudo en la garganta.

¿Dónde demonios estaba el perro?

Capítulo Nueve

–¿Lo ves? –preguntó Becca. Jack le tendió una toalla, sin responder, y ella se puso a llamar a Chicho con todas sus fuerzas. Solo le respondió un inquietante silencio, interrumpido por el canto de las cigarras.

–Tiene que estar por ahí, en alguna parte –dijo Jack. Se puso una toalla alrededor de las caderas y ayudó a Becca a levantarse mientras ella se sujetaba la toalla por debajo de los brazos.

–No he vuelto a verlo desde que me metí en el agua –no había ni rastro de él en los alrededores. Se acercó a la orilla y volvió a llamarlo. Un mal presagio le revolvió el estómago y le atenazó la garganta.

Había conocido a muchas personas, incluyendo niños pequeños, que se veían obligadas a sobrevivir sin agua potable, sin apenas nada que llevarse a la boca y sin esperanzas de tener algún día una vida mejor. Durante sus días de voluntaria en el Cuerpo de Paz se había mantenido siempre en pie, firme en su propósito de ayudar, sin derramar jamás una sola lágrima. Y sin embargo allí estaba, llorando como una cría porque había perdido de vista a un perrito.

Pero era mucho más que eso. Había estado tan concentrada en satisfacer sus impulsos sexuales que se había olvidado por completo de Chicho. ¿Cómo iba a explicárselo a Hailey?

—¿Había estado aquí antes? –preguntó Jack.

—En el lago no, pero le gusta chapotear en la piscina de Hailey.

—Ya me he dado cuenta de que le encanta el agua. Seguramente está nadando cerca de la otra orilla, disfrutando como un loco.

Becca se abrazó con fuerza y volvió a escudriñar los alrededores. Todo estaba en calma. Llamó a Chicho una y otra vez, hasta que Jack la hizo girarse hacia él y le sonrió.

—Lo encontraré, ¿de acuerdo? Te doy mi palabra.

—Si no lo encontramos…

—Lo encontraremos –le aseguró él.

—Pero si no lo encontramos, ¿cómo podré decírselo a Hailey? Quiere a ese perro como a un hijo.

Jack se puso delante de ella y la hizo retroceder hacia los árboles, alejándola del lago.

—Tú quédate aquí mientras yo lo busco, ¿de acuerdo?

Ella no discutió, pero no tenía intención de quedarse allí sentada de brazos cruzados. Se vistieron rápidamente y Jack echó a andar a lo largo de la orilla, llamando a Chicho cada pocos metros.

La cosa no pintaba nada bien.

Jack había rodeado la mitad del lago, gritando el nombre del perro a pleno pulmón y buscando en los matorrales más cercanos a la orilla. Ni rastro del animal.

Pensó en todos los apelativos que le habían dedicado los periodistas y empresarios arruinados... Realmente se los merecía todos. ¿Por qué no le había prestado más atención al pobre perro? Obviamente porque había tenido otras cosas en la cabeza.

Estaba oscureciendo cuando decidió dar media vuelta, después de haber recorrido casi todo el perímetro del lago. Becca se había dirigido en sentido contrario, y al mirar atrás la había visto entrando o saliendo del bosque y buscando entre los arboles y arbustos.

Al encontrarse de nuevo en el muelle, tras una hora de infructuosa búsqueda, Jack la abrazó y la besó en el pelo.

—Será mejor que volvamos mientras haya algo de luz.

Ella asintió, pegada a su pecho, y emprendieron de la mano el camino de vuelta, tan silenciosos y cabizbajos como si marcharan en un cortejo fúnebre. Jack no podía cambiar la situación, pero al menos podía intentar distraerla.

—De niño nunca tuve una cabaña en el bosque —le dijo, apretándole la mano.

—No creo que te hiciera falta, teniendo un chalé de lujo en la nieve —repuso ella secamente.

Jack decidió intentarlo otra vez.

—¿Qué me cuentas de las otras chicas de tu familia?

—Emily, Abigail y Faith. Yo era la menor.

—¿Seguís en contacto?

–Emily se casó con un médico y vive en el Reino Unido. Abigail es maestra de primaria y Faith se dedica a viajar por el mundo. Creo que ahora está en Birmania.

–¿Habéis estado juntas aquí alguna vez?

–Hace mucho que no, aunque sí he estado con Hailey un par de veces –volvió a agachar la cabeza y Jack aceleró el paso. Tenían que llegar a la cabaña antes de que anocheciera.

–¿Has traído a alguien más?

–A un par de amigas de la oficina.

–¿Algún hombre?

Ella lo miró.

–¿De verdad quieres saberlo?

Él se encogió de hombros y ella esbozó una sonrisa torcida.

–Aunque es algo personal… no. Tú eres el primer hombre que traigo a la cabaña.

–¿Te molesta hablar de cosas personales?

–No tengo nada que ocultar. Lo que ves es lo que hay.

–Lo que veo es una mujer preciosa, luchadora y decidida que siempre pone en primer lugar a los demás.

El cumplido no logró hacerla sonreír.

–No exageres –murmuró, frunciendo el ceño.

Jack respiró profundamente. Iba a ser una noche muy larga.

–¿Te han dicho alguna vez que no sabes aceptar un cumplido?

—No necesito los cumplidos de nadie.

—Porque eres dura.

—Porque me siento bien tal y como soy.

—En cambio a mí me cuesta mucho más…

Ella apartó la mirada, dejando la mano flácida, y Jack tuvo la sensación de que se sentiría más cómoda cortando el vínculo. Por un lado le molestó. Una hora antes Becca se había deshecho en sus brazos y él había creído que se compenetraban muy bien.

Por otro lado, entendía que se sintiera destrozada. También él se sentía fatal.

Becca desearía no haber oído nunca el nombre de Jack Reed. Pero no por los motivos que él pudiera pensar. No culpaba a Jack por haber perdido a Chicho. Era ella la única responsable del perro y no había ninguna justificación para su atolondrado comportamiento.

Mientras lo buscaban no solo había pensado en lo destrozada que se quedaría Hailey al enterarse, sino también hasta qué punto había sido una buena idea secuestrar a Jack. Había creído que compartir aquel lugar con ella lo ayudaría a revelar su lado más humilde y sensible.

Tenía que aceptar la realidad. Jack solo quería apoderarse de Lassiter Media para luego sacar un enorme beneficio vendiéndola en pedazos. Nadie podría convencer a Angelica de los motivos ocultos de Jack, como tampoco nadie podría convencer a Becca de que habría hecho mejor no entrometiéndose en aquel asunto.

Pero había cosas que no podían arreglarse, como la irresistible atracción que sentía por Jack. Había dejado que sus emociones la controlaran como nunca antes le había pasado. Por un lado no se arrepentía en absoluto de lo que habían hecho en el lago, pues el orgasmo la había sacudido con una intensidad inimaginable hasta entonces.

Por otro lado, sin embargo, aunque no había pretendido emplear la posibilidad del sexo como aliciente, sabía que Jack no había accedido a aquel desafío porque pensara que ella pudiera hacerlo cambiar de opinión sobre Lassiter Media, sino porque la veía a ella misma como un desafío. Y ella se había servido en bandeja. En ese aspecto no se diferencia en nada de las otras mujeres a las que Jack había seducido.

Entonces ¿por qué sentía como algo especial lo que había pasado entre ellos en el lago? ¿Y por qué tenía la impresión de que también para Jack significaba algo?

Quizá porque con él sentía una conexión que la incitaba a dejar atrás todos sus problemas y complicaciones.

Al llegar a la cabaña se encontró con la puerta entreabierta. Tan impaciente había estado por seguir a Jack que ni siquiera se había molestado en cerrarla.

—¿Quieres que encienda el fuego? —le sugirió él, siguiéndola al interior.

—No hace mucho frío.

–Puede que después lo haga –se estaba esforzando por brindarle apoyo y consuelo, igual que había hecho todo lo posible por encontrar al pobre Chicho.

Se volvió hacia él con una triste sonrisa.

–Gracias por tu ayuda…

No podía ver su expresión, tan solo su cabeza recortada contra los rayos de luna que entraban por la puerta.

–Becca… lo siento. No sé qué más decir.

–No tienes por qué decir nada. Quédate sentado conmigo… ¿Quién sabe? A lo mejor regresa –no quería pensar en que se hubiera ahogado, o que se lo hubiera comido un…

Se apartó una lágrima que le caía por la mejilla.

–Perdona… Normalmente no me comporto como una cría.

–No estás siendo una cría. Tienes sentimientos, como todo el mundo.

–Tú también.

–Sí, yo también –admitió él. Becca se imaginó su sonrisa y se puso de puntillas para ponerle la mano en el pecho y darle un beso en la mejilla.

–Voy a encender la luz.

–Siéntate –le ordenó él–. No quiero que te tropieces y te rompas una pierna.

–Pero yo conozco la cabaña de memoria y…

–Y yo te digo que te sientes… por favor.

Ella desistió de discutir y avanzó a tientas hacia el sofá frente a la chimenea apagada. Un minuto después una luz procedente del dormitorio iluminaba una franja del suelo ante ella. Se convenció de que encontrarían a Chicho al día siguiente y esperó a que Jack volviera. Pero él la llamó desde la habitación.

–Becca, ¿puedes venir?

Ella se levantó y siguió la luz. Jack estaba junto a la cajonera y sostenía el camping gas en alto de modo que iluminara casi toda la habitación. Miró la cama hecha a medias y sonrió.

–Mira a quién ha traído el gato.

Junto al cabecero, Becca vio dos ojos brillantes y se llevó una mano a la boca para sofocar un grito de gozo.

Jack se echó a reír.

–Parece que Chicho tenía más prisa que nosotros por llegar a casa.

Ella se puso al perrito en el regazo y lo colmó de besos.

–Ya sabes lo que esto significa, ¿no? –le dijo Jack, acercándose a ella.

–¿El qué?

–Que no seremos los únicos en compartir la cama.

Unos momentos antes Becca tenía el ánimo por los suelos, pero de repente se sentía como si pudiera volar. No quería pensar en los remordimientos que pudiera tener a la mañana siguiente. Solo quería celebrar su buena fortuna.

Capítulo Diez

Becca tiró de él hacia su boca y los dos cayeron sobre la cama.

Un rato después, cuando dejó que se apartara para respirar, Jack la miró con una ceja arqueada.

–¿Significa esto que tenemos que desnudarnos?

Becca se incorporó, le agarró el bajo de su camiseta y se la quitó de un tirón. Empezó a prodigarle besos ávidos y ardientes por todo el pecho mientras le masajeaba los costados. Fue bajando más y más. Le rodeó el ombligo con la punta de la lengua mientras le bajaba la cremallera. Jack se apoyó en los codos y la ayudó a que le quitara los pantalones y los calzoncillos. A continuación Becca se quitó el vestido y el sujetador, que aterrizó en el catre del rincón. Jack no supo dónde iban a parar las braguitas.

Se echó hacia atrás, pero enseguida volvió a incorporarse.

–Los preservativos… –dijo, dispuesto a ir a buscarlos a su bolsa. Pero ella se estaba colocando entre sus muslos y tenía los pechos a la altura de sus ojos.

¿Qué podía hacer un hombre en esas circunstancias?

La besó en un pezón mientras le pellizcaba el otro. Ella entrelazó los dedos en su pelo, se aferró a sus hombros y se arqueó hacia él emitiendo unos ruiditos enloquecedoramente excitantes.

Jack llevó la otra mano por su costado, cintura y cadera. Deslizó los dedos en la entrepierna y al palpar la humedad recordó por qué se había detenido un momento antes.

–Los preservativos… –repitió sin apartar la boca del pezón.

Ella le apartó la cabeza, lo besó con una pasión embriagadora y se arrodilló ante él.

–Aún no –murmuró, un segundo antes de tocarle la punta de la erección con los labios.

Descendió con la cabeza y Jack estuvo a punto de perder la suya. Al principio permaneció inmóvil, con su miembro en la boca. Entonces empezó a mover la lengua y a gemir. La vibración que emitía su garganta se transmitía a su lengua y a sus dientes. Jack se aferró a la sábana y apretó la mandíbula.

Normalmente no se excitaba tan rápido. Pero ella sabía qué hacer y cómo hacerlo, y unido a los preámbulos en el lago y de regreso a la cabaña era como si conocieran sus cuerpos a la perfección. Y eso que hasta una semana antes Becca se habría arrojado por un precipicio antes de… bueno, antes de hacer lo que estaba haciendo.

Incapaz de aguantar más, la levantó y la tumbó en la cama. Ella lo miró con una expresión salvaje, pero él levantó un dedo en señal de advertencia.

–Quédate ahí. No te muevas –rápidamente sacó un preservativo y se lo colocó sin perder un segundo.

Becca lo esperaba en la cama, con los brazos debajo de la almohada. El pelo se le había secado y los mechones alborotados relucían alrededor de su rostro a la luz del camping gas. Levantó una rodilla y adoptó una provocativa postura con las caderas. Jack se abalanzó sobre ella y la besó con una pasión desmedida, rodando los dos sobre las sábanas hasta que la hizo tumbarse de espaldas y se colocó entre sus muslos. La penetró lentamente, viendo cómo abría desorbitadamente los ojos, arqueando la espalda y con los labios entreabiertos. Le sonrió y él quiso decirle lo hermosa que era y cómo le hacía sentirse… realmente vivo por primera vez en años. Ella le rodeó los muslos con las piernas y levantó la pelvis, y él cerró los ojos y se abandonó por entero a la sensación.

Deseaba que aquella unión durase toda la noche. Su conexión era perfecta. La fricción de sus cuerpos era lo más exquisito que había sentido jamás. Y cuando llegó al orgasmo se imaginó a ambos compartiendo muchas noches como aquella.

Mucho más de lo que ninguno de ellos podía permitirse.

A Becca le zumbaba todo el cuerpo. Los rumores de que Jack Reed era un portento en la cama se quedaban cortos. Era un amante prodigioso.

Estaban los dos de espaldas, codo con codo, con la mirada perdida en el techo, jadeando y sonrientes. Becca no deseaba otra cosa que hacerlo de nuevo.

—Me pregunto si el perro lo tenía planeado –dijo él.

—¿A qué te refieres?

—Si Chicho no hubiera desaparecido, no estaríamos aquí haciendo esto.

—Si no lo hubiéramos perdido, lo habríamos hecho junto al lago –replicó ella.

—Y los mosquitos nos habrían comido vivos –la besó en la nariz–. Nuestro pequeño amigo nos ha hecho un favor.

—Después de darme un susto de muerte.

—No sabía lo que estaba haciendo.

Ella se echó a reír.

—Jack Reed, el defensor de los perros incomprendidos.

—De los chuchos feos e incomprendidos –puntualizó él.

—Me lo imagino escrito en una camiseta… En el membrete de una obra benéfica… A lo mejor deberías tener uno.

—¿Un perro?

—Y una obra benéfica.

Él se apoyó en un codo.

—A lo mejor debería, sí.

Su sonrisa era tan cálida y el tacto de su mano en la cadera tan reconfortante, que Becca se sintió enormemente dichosa. Pero también triste. Si no conociera la historia de Jack podría llegar a creerse que estaban hechos el uno para el otro, cuando en realidad no podrían ser más incompatibles.

La química sexual tal vez fuera explosiva, pero las

creencias de una persona eran mil veces más importantes que sus habilidades eróticas. Becca luchaba por una sociedad más justa y solidaria, mientras que a Jack solo le interesaban el poder y los beneficios.

–¿Se puede pescar en el lago? –le preguntó él, jugueteando con sus cabellos.

–Mi padre siempre lo hacía.

–¿Hay alguna caña disponible?

–En el cobertizo –dibujó una línea serpenteante en su pecho–. ¿Te gusta pescar?

–Mi padre me llevó a pescar un par de veces.

–¿Un bonito recuerdo?

–Desde luego. No pasábamos mucho tiempo juntos.

–¿Por qué?

–Tenía su propia empresa y se quedaba a hacer horas extras cuando los empleados se iban a casa con sus familias.

–Si la empresa era suya podría haberse marchado a casa cuando quisiera.

–No era tan sencillo. Antes de que yo naciera mis padres estaban arruinados. Habían perdido la casa y a muchos de sus supuestos amigos. Al mismo tiempo mi madre enfermó de neumonía y estuvo a punto de morir. Una de las veces que mi padre me llevó a pescar me dijo que había hecho un juramento cuando creyó que iba a perderla. Se juró que si ella sobrevivía, si podían pasar juntos y felices el resto de sus vidas, él le daría todo lo que merecía.

–¿Se culpaba a sí mismo por su enfermedad?

111

–Se sentía responsable de su familia. Mi madre se recuperó y las cosas empezaron a ir mejor. Mi padre montó otra empresa y consiguió que prosperara, pero había aprendido de sus errores y se volcó por entero en el trabajo para no ir otra vez a la quiebra. Su prioridad era cerciorarse de que no nos faltara de nada.

–Aunque no pudiera daros lo más valioso de todo.

–¿Su tiempo? Yo sé que nos quería más que nada en el mundo. Pero la vida siempre te exige algún sacrificio. No se puede tener todo.

–¿Los ves mucho?

–Los dos murieron hace diez años, casi al mismo tiempo.

–Tuvo que ser muy duro.

–Todos tenemos que morir. Mejor hacerlo cuando tienes setenta años que… –apretó la mandíbula y desvió la mirada.

¿Estaría recordando a la mujer de la que se había enamorado en la universidad, preguntándose qué podrían haber compartido si ella no hubiese muerto? Quizá Jack no habría seguido el ejemplo de su padre y dedicado su vida al trabajo. Becca prefería creer que habría llevado a pescar a su hijo muchas veces.

Jack se incorporó.

–¿Te apetece una cerveza? ¿Una copa de vino?

–Una cerveza –se dispuso a levantarse, pero él la detuvo.

–Quédate aquí mientras traigo algo de comer. ¿Puedo llevarme la luz?

–Claro.

Al quedarse sola en la oscuridad, oyendo cómo Chicho se rascaba en el catre, Becca pensó en lo que tenía pensado para Jack mientras estuvieran en la cabaña. Cortar leña, cambiar las tejas sueltas, lijar las paredes, preparar la comida...

Él volvió con la nevera en una mano y la lámpara en la otra. Le tendió a Becca la luz y se metió bajo la sábana, colocando la nevera entre ellos. Le abrió una lata de cerveza a Becca y ella retomó la conversación.

—Parece que tuviste unos padres muy buenos.

—Tuve suerte —admitió él, abriéndose una cerveza. Brindaron y tomaron un trago. Becca no solía beber, pero en aquel momento y lugar le apetecía hacerlo.

—Yo nunca supe quién fue mi madre biológica... No quería causarle complicaciones a nadie apareciendo de repente en su vida.

—¿Normalmente no es al revés? Un padre biológico que no quiere perturbar la vida de un hijo adulto...

—Supongo que no es fácil, pero hay maneras para localizar a un hijo al que se ha dado en adopción. Si mi madre no quería conocerme, es mejor dejarlo así.

—¿Nunca quisiste saber las razones?

—Ya no. No se puede cambiar el pasado. Y no lo pasé tan mal, a pesar de esos once primeros años.

—¿Estuviste con muchas familias?

—Con otras dos. Me cuidaban bien y nadie abusó de mí, pero... —tomó otro trago de cerveza y confesó lo que nunca le había dicho a nadie—, sabía que me faltaba algo. Algo fundamental. A veces me sentía... invisible, es difícil de describir.

—¿Te sentías así a menudo?

—Cada vez que me sentía así, leía. A veces el mismo libro una y otra vez.

—¿Cuál era tu favorito?

—Cuando era niña, *La Cenicienta*.

—Un clásico… Como el Fiat Bambino.

Ella sonrió.

—Me encantaba la idea de tener un hada madrina. Cuando se apagaban las luces, me sentaba en la cama y me quedaba horas mirando por la ventana. Pensaba que si lo deseaba con mucha fuerza mis sueños se harían realidad.

—¿Qué sueños?

—Era una niña extremadamente tímida y con sobrepeso. Pero en mis sueños era una princesa como Cenicienta. Solo necesitaba que mi hada madrina agitara su varita mágica.

—Claro, por supuesto –dijo él, sonriendo.

—Si veía un ratón cerraba los ojos y deseaba que se transformara en un hermoso caballo blanco. Imaginaba que mi vestido era de satén y que un príncipe se arrodillaría a mis pies para pedirme que me casara con él.

—No podía faltar un príncipe, desde luego.

—El anillo que me pondría en el dedo sería de diamante y rubíes, o una perla rodeada de zafiros.

—¿Y después?

Becca dejó su cerveza.

—Después crecí, me gradué y me alisté en el Cuerpo de Paz.

La expresión de Jack cambió.

–Háblame de eso.

–Serví como voluntaria en la República Dominicana durante dos años. Ayudaba a enseñarles a los jóvenes cómo tomar las mejores decisiones para su futuro. Les dábamos charlas a las mujeres sobre nutrición y salud reproductiva. Esos dos años me enseñaron más de lo que había aprendido hasta entonces. Gracias a aquella experiencia aprendí lo que realmente importa en la vida.

–Yo también soñé una vez con salvar el mundo.

–¡No! ¿De verdad?

–Después de graduarme en Ingeniería Empresarial, pensaba irme a África para ayudar a construir viviendas.

A Becca le costaba creerlo.

–¿Se lo has contado a alguien?

–¿Y echar a perder mi imagen? ¿Estás de broma?

Ella sonrió.

–¿Ibas a irte tú solo?

–Con mi novia. Íbamos a romper con todo y a empezar de nuevo.

Becca apoyó la mejilla en el brazo extendido y buscó su mirada.

–¿Cómo era?

Él tardó un poco en responder.

–Krystal era una persona gentil y delicada. Estudiaba Criminología y su padre era juez. Nunca creí que fuera lo suyo. Era demasiado sensible y vulnerable.

A Becca empezó a latirle con fuerza el corazón.

—Y tú querías protegerla.

Igual que el padre de Jack había querido proteger a su madre.

—Nos imaginaba casados y con un par de críos. Cada día volvería a casa del trabajo y ella tendría la cena preparada. Después, mientras ella descansaba, yo jugaría con los niños.

Becca sonrió con ternura. Se imaginaba a Jack llevando esa clase de vida.

—¿Puedo saber cómo murió?

El rostro de Jack se endureció.

—Era hija única y se esperaba de ella que siguiera los pasos de su padre. Hiciera lo que hiciera, para su padre nunca era suficiente. La presión era tan grande que empezó a faltar a clase y a descuidarse. Cayó enferma de mononucleosis y pasó en cama varias semanas. El Día de Acción de Gracias fuimos a casa de sus padres… Craso error. Su padre se puso a atacarla sin piedad, recriminándole que no se esforzara lo suficiente y que era una vergüenza para la familia.

—Pobre chica.

—Yo no pude contenerme y le dije todo lo que pensaba… Y al final el malo fui yo. Después de eso Krystal se sumió en una profunda depresión durante varias semanas. Unos días antes de Navidad pareció recuperarse y volvió a sonreír. Dijo que había aceptado que nunca podría ganarse el respeto de su padre… No llegó a ver la Navidad —concluyó Jack—. La encontré en el cuarto de baño.

–Oh, Jack…

–Su padre me echó la culpa. Y yo también.

–No deberías culparte –le dijo Becca, sosteniéndole la mano–. Ella necesitaba ayuda profesional.

–En vez de eso solo recibió la presión de su novio –Jack suspiró–. Ya ves… A veces el listón está demasiado alto.

¿Sería aquella su manera de justificar lo que hacía con Angelica? Si conseguían eliminar a Evan McCain, ¿se sentiría menos culpable por vender Lassiter Media?

Él la miró fijamente unos segundos, antes de volver a abrir la nevera.

–¿Qué más tenemos? ¿Huevos, beicon, tomates? ¿Hay gas en la cocina?

–Sí –Becca seguía asimilando lo que le había contado. ¿Qué otros secretos y heridas ocultaría?

Los primeros once años de la vida de Becca no habían sido un camino de rosas, pero al menos no había sufrido la muerte de ningún ser querido. Jack había perdido a la mujer a la que amaba y también a sus padres. ¿Sería una de esas personas que levantaban un muro y se encerraban en sí mismos para protegerse?

–¿Qué te parece si te preparo una tortilla? –le preguntó él.

–¿Sabes cocinar?

–No muy bien.

–¿Y cortar leña?

–Si es necesario…

No hacía tanto frío como para encender el fuego. Becca miró en la nevera.

–Hay galletitas saladas, fresas y tres clases de queso. Y mira esto… –le mostró un paquete–. Chocolate belga.

–Mejor que los bollos daneses…

Becca partió dos pedazos, le puso uno en la boca y se comió ella el otro.

–Tendría que haberte dicho que soy adicta al chocolate –le confesó con la boca llena.

–Si eres una chocoladicta, tienes que probar esto… –partió otro pedazo de chocolate y le puso una fresa encima–. Abre la boca.

Ella obedeció y suspiró de placer mientras él se preparaba su propio manjar.

–Está delicioso…

Él acercó los labios para saborearla.

–Totalmente de acuerdo.

Capítulo Once

Después de la charla y el piscolabis, Becca se quedó dormida en brazos de Jack.

Él no supo cuánto tiempo permaneció inmóvil, pensando en cómo había revelado una parte de su pasado. Las palabras habían fluido con una sorprendente facilidad, y la emoción que provocaban no había sido tan dolorosa como él recordaba. Tal vez fuera cierto lo de que el tiempo lo curaba todo. Las cicatrices, en cambio, permanecían.

Cerró los ojos un momento, y cuando volvió a abrirlos el sol de la mañana iluminaba la habitación con sus rayos dorados. Jack sonrió y se estiró. Se sentía estupendamente. Y todo gracias a la persona que dormía a su lado.

Estiró el brazo para acercarse a Becca… y encontró la cama vacía. El único rastro de ella era la huella que había dejado en la sábana.

Se incorporó y vio que el catre también estaba vacío. Todo estaba en silencio, salvo por el canto de los pájaros que llegaba desde el exterior. La ventana mosquitera estaba abierta y el olor a pino impregnaba el aire. Ni ruido de coches ni contaminación. Ni reuniones ni llamadas telefónicas.

Se puso unos vaqueros y buscó su móvil. Tenía varios mensajes de texto y tres llamadas en el buzón de voz. Una de Logan, otra de Angelica y otra de David Baldwin.

Becca entró en la habitación y sonrió al verlo. Llevaba unos vaqueros cortos y una camiseta con el mensaje: «Escoge la felicidad».

–¡Te has levantado!

Jack fue hacia ella, la estrechó entre sus brazos y la besó en la cabeza. Si a Angelica le parecía bien cuando la llamara, tal vez pudieran quedarse dos días más. O tres, o cuatro.

–Te he echado de menos.

Ella se rio.

–No hace ni dos minutos que te has despertado.

–Un minuto, tan solo.

Ella se apartó y al ver el móvil en su mano se le congeló la expresión.

–No sabía si había cobertura –dijo a modo de justificación, sintiendo una culpa que no debería sentir.

–Viene y va. ¿Algún mensaje?

–Unos cuantos.

Ella mantuvo la mirada en el móvil.

–¿Algo importante?

–Mejor no preguntes.

–¿Angelica?

Jack asintió.

–¿Vas a llamarla? –le preguntó–. Lo siento. Es una pregunta estúpida. Seguramente está planeando algo para esta tarde y tú no querrás perdértelo.

Jack la agarró cuando se giraba para marcharse.

—Ha sido una situación muy difícil desde el principio, Becca.

Ella mantuvo la vista en el suelo.

—No creía que se pusiera tan difícil...

Jack la abrazó y la miró a sus brillantes ojos verdes.

—¿Te arrepientes de haber venido?

—Hasta hace un segundo, no. Quería alejarte de todo lo que te provoca esa necesidad de triunfar a toda costa. Quería que durante un par de días llevaras una vida sencilla y que la apreciaras, que vieras lo poco que se necesita para ser feliz. Pero ahora...

—Lo que compartimos anoche fue increíble. Pero tengo que ayudar a Angelica. Tengo que hacerlo.

—¿Porque alguien te ha puesto una pistola en la cabeza?

—No puedo explicarlo...

—No es necesario que expliques nada. Está claro.

Él observó su expresión, herida y desafiante, y dejó el móvil en la mesilla.

—¿No vas a llamarla? —le preguntó ella.

—Angelica puede esperar.

Pero en ese momento sonó el teléfono. Becca lo agarró y se lo tendió, retándolo a que lo rechazara, deseando que lo hiciera. Jack quería ignorar la llamada, pero no podía eludir su responsabilidad. Ni siquiera por Becca.

Agarró el teléfono y respondió. No era Angelica.

—Espero que no sea demasiado temprano para llamarte –le dijo David Baldwin–. Te he dejado un mensaje…

–¿Qué puedo hacer por ti? –le cortó Jack, irritado.

–Esta tarde tengo una reunión. Imagino que estarás muy ocupado…

Chicho entró en la habitación con un palo entre los dientes. Jack se giró hacia la ventana.

–Un poco, sí.

–Pero si pudieras pasarte, aunque solo fuera un momento… Es importante.

–David, no creo que…

–No me respondas ahora –le dio la hora de la reunión–. En la tienda. Espero verte allí.

David Baldwin podía esperar lo que quisiera. Chicho mordisqueaba el palo en el catre. Becca, en cambio, había desaparecido. Jack fue hacia la puerta y ella le pasó por delante con la nevera.

–¿A qué viene tanta prisa? –le preguntó él, quitándosela.

–Es hora de marcharse.

–Dijiste dos días y dos noches.

–He cambiado de idea. Esto no funcionará.

Jack dejó la nevera y apagó el móvil.

–¿No íbamos a hacer huevos con beicon? –entre las risitas y besos de la noche anterior habían hablado de preparar el desayuno.

–Prefiero que nos pongamos en marcha cuanto antes…. Ya sabes, volver a la realidad.

–No quería disgustarte.

Ella se cruzó de brazos.

–No estoy disgustada conmigo. Estoy disgustada conmigo. Por un segundo me permití creer que había descubierto tu lado más humano y sensible. Pero solo fue una ilusión. La verdad es que estás impaciente por volver a tus prioridades, que siguen siendo apoderarte de Lassiter Media y venderla en pedazos.

Jack hizo una mueca.

–Algún día te prometo que te explicaré toda la verdad sobre Lassiter desde mi punto de vista. Pero hoy no. Hoy no puedo –le pasó los dedos por el pelo y esperó a que lo mirase a los ojos–. ¿Qué tal si preparo un café?

–Eso no solucionará nada.

–Pero tampoco hará ningún daño –sonrió, y ella se mordió el labio, suspiró y finalmente asintió.

–Supongo que una parte de mí sigue creyendo en las hadas madrinas.

–Quizá sea eso lo que más me gusta de ti… Tu fe.

–Querrás decir mi temperamento.

–Tu tenacidad.

–Mi cabezonería.

–Eso también…

La besó en los labios y absorbió su esencia espléndida y bondadosa. Cuando se apartó, ella tenía los ojos entornados y sus suculentos labios torcidos en una media sonrisa.

–Lo próximo que sugieras será que nos llevemos el café a la cama.

–Recuerda que ha sido idea tuya…

Cuando Becca volvió a sacar el tema, Jack no intentó disuadirla. Ella no necesitaba complicar más las cosas entre ellos, y era evidente que él necesitaba volver a Los Ángeles a ver lo que se proponía Angelica.

Había intentado llamarla unas cuantas veces, sin éxito, y su preocupación iba en aumento. Incluso se preguntó en voz alta si Angelica estaría evitándolo a propósito. Una vez en la carretera, Becca seguía luchando contra el sentimiento de culpa. Había dejado que sus emociones la dominaran en lo que se refería a Jack. Lo había llevado a la cabaña no para ceder a la atracción que ardía entre ambos, sino para ayudarlo a alejarse de su mundo empresarial y mostrarle cómo se podía vivir sin lujos ni comodidades. ¿Había servido de algo, o solo había conseguido empeorar las cosas?

Fuera como fuera, lo que Jack y ella habían compartido en la cabaña trascendía lo puramente físico. Al menos para ella. Por mucho que detestara el egocentrismo y las maquinaciones de Jack, no había podido evitar enamorarse un poco de él…

Chicho había pasado en el regazo de Becca todo el camino hasta Santa Mónica. Cuando Jack aparcó junto a la cafetería de Hailey, el perro ladraba y se agitaba como loco. Becca abrió la puerta y Chicho salió disparado hacia la rampa que subía a la entrada trasera del local.

Jack se bajó y sacó la nevera del asiento trasero.

—¿Quieres comer aquí? —le sugirió Becca.

—Es mejor seguir.

Estaba impaciente por llegar a Los Ángeles. Tenía que llamar a Angelica y salvar la operación Lassiter. Becca había sentido su preocupación durante todo el camino, pero en esos momentos, mientras subían la rampa del restaurante, parecía indiferente a todo.

Hailey los recibió en la terraza con Chicho en brazos.

–¿Qué tal el viaje? ¿Cómo se ha portado Chicho?

Jack dejó la nevera en el suelo y ocuparon su mesa habitual. Mientras Hailey les sirvió café Becca la puso al corriente de lo ocurrido con Chicho el día anterior en el lago… omitiendo lo que ella y Jack habían estado haciendo.

–Lo siento. Tendríamos que haber estado más atentos.

–No te preocupes –respondió Hailey–. Seguramente Chicho quería dejaros un poco de intimidad.

Becca miró a Jack y sintió una punzada en el pecho al ver su expresión impasible. Para él lo ocurrido en el lago ya formaba parte del pasado y volvía a ser el implacable tiburón de las finanzas.

Hailey los miró con preocupación al no recibir respuesta de ninguno.

–Oh, Dios mío… –murmuró–. No os habéis enterado. No hay televisión en la cabaña.

Jack frunció el ceño y se inclinó hacia delante.

–¿Qué ha pasado?

–Ha sido esta mañana.

–¿Te refieres a la emboscada que nos tendió ayer la reportera?

–Han emitido la entrevista de ayer… Pero son las fotos de lo que todo el mundo habla.

–¿Qué fotos? –preguntó Becca débilmente.

–Debieron de seguiros. Os sacaron fotos en el lago con un teleobjetivo. Se ven borrosas, pero se aprecia claramente lo que estabais haciendo.

Jack se echó hacia atrás como si hubiera recibido un disparo en el pecho y a Becca se le congeló la sangre. A su alrededor todo se volvió oscuro, salvo el ceño fruncido de Jack.

Ella, que siempre se había presentado como defensora de la moral y la justicia, se había convertido en la protagonista de un escándalo.

Tenía que llamar a la oficina y explicárselo todo a Evan McCain.

–Hay más –dijo Hailey con una mueca.

Jack se frotó la frente.

–Angelica Lassiter ha convocado una rueda de prensa para esta tarde.

Jack dio un puñetazo en la mesa, sobresaltando a todo el mundo, incluido Chicho.

Becca se levantó y abrazó a su amiga.

–Te llamaré después –le susurró al oído, y siguió a Jack al aparcamiento. Él se detuvo antes de llegar al coche y se dio la vuelta con la mano extendida.

–Las llaves.

Becca las sacó del bolso y se las puso en la mano.

–Vas a ver a Angelica…

–Lo antes posible.

Capítulo Doce

–Genial. Justo lo que necesitaba.

Becca lo miró con el ceño fruncido.

–No eres el único al que el coche ha dejado tirado, por si no lo sabes…

–¡Es tu coche!

La furgoneta del canal de televisión entró en el aparcamiento y se detuvo tras ellos, bloqueándoles la salida. Becca abrió la boca, pero se recostó en el asiento y se cruzó de brazos mientras Jack pedía un taxi.

Ya pediría disculpas en otro momento por su actitud. En aquellos momentos su prioridad era salir de allí. Le daba igual quién hubiera dado el chivatazo a la prensa o que los hubieran seguido a él y a Becca todo el tiempo. La directora de la Fundación Lassiter había sido vista en repetidas ocasiones con el hombre que quería hundir la empresa… Jack tenía que sacar a Becca de allí y luego encontrar a Angelica antes de que dijera algo en la rueda de prensa que ambos pudieran lamentar.

Jack creía haberla convencido para que volviera al camino correcto. Pero al no haber respondido a su llamada aquella mañana y no haber podido hablar con ella desde entonces, Jack había empezado a preocuparse.

El cámara y la reportera bajaron de la furgoneta y Jack abrió la puerta.

—Sal del coche —le ordenó a Becca.

Ella obedeció y él rodeó el vehículo para agarrarla de la mano y dirigirse hacia la carretera.

—¿Adónde vamos? —le preguntó ella, trotando para mantenerse a su ritmo.

—Tenemos que largarnos de aquí cuanto antes.

Al llegar a la carretera ella se zafó de su mano. Tenía las mejillas encendidas, pero mantuvo la compostura.

—Yo no voy a ninguna parte. Has tenido a Angelica comiendo de tu mano desde el principio. Todo el mundo sabe que no hace nada sin consultarlo antes contigo. Si ha convocado una rueda de prensa sin tu conocimiento solo puede significar que se está alejando de ti. Quizá haya decidido renunciar a la OPA. No pienso seguirte y ver cómo intentas hacer que cambie de opinión.

El taxi que Jack había pedido se detuvo en el arcén. Jack abrió la puerta y miró a Becca.

—¿Vienes?

—No, gracias. Prefiero enfrentarme al pelotón de fusilamiento con la cabeza bien alta.

—Cuando tengas un momento te enseñaré a evitar problemas innecesarios.

—No se puede decir que hayas sido muy buen maestro hasta ahora.

Tenía razón. Debería haberse negado a recibirla en su casa, cuando fue a verlo por primera vez. Pero entonces se habría perdido una experiencia memorable y única en su vida. Sabía que nunca conocería a nadie como Becca.

–Te llamaré.

–No, por favor –rechazó ella–. No lo hagas.

–¿No puedo hacerte cambiar de opinión?

Ella se cruzó de brazos, desafiante hasta el final. Jack lo pensó un momento, dejó abierta la puerta del taxi y se acercó a ella.

–Entonces yo también me quedo.

Ella lo miró con ojos muy abiertos mientras dejaba caer los brazos a los costados.

–No te necesito.

–En estos momentos creo que los dos nos necesitamos.

La reportera se detuvo ante ellos y lanzó la primera pregunta.

–Señor Reed, ¿qué tiene que decir sobre las fotos de usted y la señorita Stevens que se han hecho públicas esta mañana?

La reacción de Jack sorprendió a Becca. No se enfureció ni intentó cambiar de tema. Se limitó a rodearle la cintura con un brazo y apretarla contra él.

–La señorita Stevens y yo llegamos tarde a un compromiso. Si nos disculpan… –hizo subirse al taxi a Becca sin darle tiempo a protestar.

–Espere, señor Reed –insistió la reportera antes de que cerrara la puerta–. ¿Ha dicho compromiso? ¿Usted y Becca Stevens van a casarse? ¿Lo sabe Angelica Lassiter? ¿Piensa renunciar a Lassiter Media?

Jack cerró con un portazo y el micrófono de la reportera chocó contra el cristal. El taxi se puso en marcha haciendo chirriar los neumáticos.

–¿Adónde? –preguntó el taxista con un fuerte acento de Europa del Este.

–A Beverly Hills.

El taxista los miró por el espejo retrovisor, sacó un chicle de la guantera y se lo metió en la boca.

–Ustedes son Jack Reed y la señora de la Fundación Lassiter, ¿no? He visto sus fotos en la tele.

Becca deseó que se la tragara la tierra. Al parecer todo el mundo había visto las fotos salvo ellos dos.

–No se preocupe, señorita Reed –la tranquilizó el taxista con una sonrisa torcida–. Esos chupasangres no podrán seguirnos. Mi suegra trabajaba para un periódico y siempre estaba metiendo las narices en todo –torció por una calle lateral–. Volveremos a la autopista unos kilómetros más adelante –les echó una mirada por encima del hombro–. Pueden hablar tranquilamente. Nada de lo que digan saldrá del taxi.

Al cabo de unos momentos, Jack se atrevió a mirar a Becca. Tenía los labios apretados.

–Me engañaste.

–Hice lo que creía mejor.

–Lo que creías mejor para ti. Te dije que… Estás loco si crees que voy a ir contigo a hablar con Angelica. Si la veo le diré que está destrozando a su familia y que no sabe ni cuáles son sus prioridades.

Jack estaba seguro de que lo haría.

—Te dejaré en tu oficina.

—Me van a linchar.

—Entonces te dejaré en tu casa.

—Eso no resolverá el problema, Jack.

Él cerró los ojos, a punto de perder la paciencia.

—No sé qué esperas que haga… Si estás esperando que me aparezca un halo sobre la cabeza y pida perdón, no pierdas el tiempo.

Ella miró el techo del vehículo con lágrimas en los ojos.

—Soy una estúpida. Me sentí atraída por ti y lo he echado todo a perder.

—Depende de cómo lo veas.

—Solo hay un modo de verlo —dijo ella con voz débil y resignada.

—Quiero volver a verte, Becca —y le importaba un bledo quién lo supiera.

Ella se quedó helada, con la boca abierta y los ojos como platos.

—¿De verdad quieres echar más leña al fuego? ¿Qué pretendes, conseguir que me derrumbe y encabezar un motín del personal de Lassiter contra Evan McCain?

—No digas tonterías.

—Quizá me haya vuelto loca, ¿no crees?

—No vamos a llegar a ningún lado si…

—Eso es, Jack. Tú y yo no vamos a llegar a ningún lado porque esto se ha terminado. ¿Entiendes? ¡Se acabó!

***

Angelica le envió otro mensaje después de que Jack dejara a Becca en casa. Le pedía que se encontrara con ella en Lassiter Grill. Jack intentó ignorar la bola de inquietud que se le formaba en el estómago. Que Angelica sugiriera el restaurante era una señal inequívoca de que se había reconciliado con su hermano Dylan, el presidente de la cadena de restaurantes.

Escucharía lo que tenía que decir. Y luego haría lo que hiciera falta para hacerla entrar en razón.

Le dio una generosa propina al taxista y entró en el restaurante. Vio a Angelica sentada cerca de la chimenea, tomando un café.

—Hola, Angelica —la saludó, sentándose enfrente.

Ella levantó la mirada y le lanzó una mirada feroz.

—¿En qué demonios estás pensando?

—Te refieres a Becca Stevens, supongo…

—Esta guerra está haciéndole muchísimo daño a la empresa y a la fundación. ¿Cómo se te ocurre acostarte con esa mujer?

—No lo tenía planeado, Angie.

Ella se enderezó en su asiento.

—He hablado con Logan. No sabe qué decir.

—Soy un hombre adulto. No tengo que pedir permiso.

—La cosa cambia cuando asocian mi nombre al tuyo —sacudió la cabeza con incredulidad—. Creía que

132

habías dicho que no intentarías poner a Becca de nuestro lado.

–Y no lo he hecho.

Ella pestañeó y frunció el ceño.

–Entonces, ¿lo has hecho solo por diversión?

Él apretó fuerte los dientes.

–Becca Stevens me gusta.

–Pues qué lástima, porque acabas de destruirla.

A Jack no le parecía que la cosa fuera tan grave. Y no sabía por qué tenía que cargar con toda la culpa.

–Becca también es una mujer adulta. Yo no la he obligado a nada.

–No es para ti… –la furia de Angelica se transformó en preocupación–. Nadie lo es.

Jack respiró profundamente. Era hora de cambiar de tema.

–¿Para qué querías verme? ¿Quieres renunciar a tu legítima herencia?

–Quiero que todo vuelva a ser como antes.

–No podemos dar marcha atrás. Tenemos la justicia de nuestra parte –lo creía firmemente.

Ella ladeó la cabeza y lo miró con ojos entornados.

–Lo dices, pero no pareces tan convencido.

Aquello sí que era algo nuevo para él.

–Ha sido una batalla larga y agotadora. Nunca es fácil luchar por algo que merece la pena.

–¿Qué te ha pasado, Jack? Creía que estabas usando a Becca, pero me pregunto si…

–¿Si me ha afectado de algún modo?

–Sí, eso es. Es una mujer muy especial con un corazón de oro y muchísimas otras virtudes.

Jack se inclinó hacia delante.

–Nada de eso puede cambiar lo que tú y yo intentamos conseguir. Y lo conseguiremos. Piénsalo, Angelica. No tendrás que seguir llevando la etiqueta de hija rechazada.

Los ojos de Angelica se llenaron de lágrimas.

–J.D. era fuerte –observó Jack–. Pero tú lo eres más. Y cuando necesites tomarte un respiro, como ahora, estaré aquí para hacer guardia.

Ella soltó una temblorosa exhalación y apoyó el codo en la mesa para sostenerse la frente.

–No sabes lo que se siente al tener que elegir.

En ese aspecto podía considerarse afortunado, ya que nunca le habían dado la oportunidad de elegir. Cuando Logan le informó del papel que tendría que jugar en aquel drama, Jack había querido negarse. Pero un amigo era un amigo, aunque estuviera muerto. Había accedido a cumplir la cláusula especial del testamento de J.D., reservada exclusivamente a él y a Angelica. Desde aquel día la había conducido hacia el enfrentamiento con Evan McCain y con cualquiera que se interpusiera. Tal y como él lo veía, cualquier resultado podría considerarse una victoria.

Pero en esos momentos solo deseaba que los daños colaterales no alcanzaran a Becca.

Angelica canceló la rueda de prensa y Jack la dejó en un estado más tranquilo, aunque no tenía mucha fe en el futuro inmediato. Era una mujer culta y competente, pero ¿cuánto habría tardado en aceptar el testamento si él no hubiese intervenido?

Pidió otro taxi con intención de ir a la oficina. Sería la primera vez que fuera en vaqueros, a diferencia de Becca. La verdad era que no le apetecía sentarse tras una mesa. Preferiría irse a pescar, a respirar aire puro, a disfrutar de la compañía…

Por memorable que hubiera sido el tiempo compartido con Becca, las posibilidades de reavivar esas llamas eran nulas. Lo cual le hizo pensar… ¿Cuánto tiempo había pasado desde que estuvo con una mujer? La prensa aireaba sin cesar su pasado de mujeriego, y algo de razón tenía. Un hombre soltero y amante del placer no se quedaba en casa cantándole a los gatos. Pero no era tan insensible como la prensa se empeñaba en mostrarle. Aunque no todos los días se conocía a una mujer tan fascinante como Becca…

Le gustaba todo de ella, incluida su irritante cabezonería. Y cuando hacían el amor era salvaje, habilidosa e increíblemente generosa. Había momentos en los que llegaba a agotarlo. Y en todo momento lo inspiraba.

Pero dudaba mucho de que ella quisiera volver a verlo.

Se estaba debatiendo entre irse o no a casa cuando recibió un mensaje en el móvil. Era de David Baldwin: «Espero verte esta tarde. Saludos. Dave».

Jack se sentía mal por él. Le gustaría poder ayudarle como David quería, y aunque eso era imposible sí que podía hacer otra cosa.

El taxi lo dejó delante de Baldwin Boats. El letrero de la fachada estaba descolorido y le faltaba la O. El patio estaba vacío. Hacía rato que había acabado la jornada laboral en la fábrica.

Sintió un escalofrío al acercarse a la entrada. Emplearía solamente cinco minutos en decirle a Baldwin que el trato seguía en pie y además le subiría la oferta. Becca tenía razón. ¿Cuánto dinero necesitaba un hombre? Dave le había comentado que tenía seis hijos. Seis… Cuatro chicos y dos chicas. ¿Cómo sería crecer con tantos hermanos? Imposible sentirse solo, desde luego.

La recepcionista se puso en pie al verlo entrar.

–Señor Reed… Dave lo está esperando –sonreía como una niña que hubiese encontrado una tarta gigante–. Iré a avisarlo.

Se marchó y Jack caminó por la sala de espera. Había fotos enmarcadas en las paredes: de catamaranes, botaduras de barcos, algunas de David con veinte años menos… Antes de preparar el contrato Jack había recopilado la historia personal de David. Era solo un poco mayor que Jack, pero parecía mucho más viejo. El estrés hacía estragos en el aspecto de una persona. Jack también vivía con estrés, pero no del tipo que provocaban las penurias económicas. No tenía que preocuparse cada semana de si podría o no pagar las nóminas de sus trabajadores.

Dave salió de su despacho con una radiante sonrisa. Le tendió la mano y Jack se la estrechó. Se podía saber mucho de una persona por cómo estrechaba la mano, y el apretón de Dave era firme y seguro, sin ser petulante.

–Me alegro de que hayas podido venir, Jack –lo condujo a su despacho. Era alto, casi tanto como Jack.

–Parece que llego tarde para esa reunión –no había nadie más en la oficina.

–En absoluto.

Se sentaron en sendos sillones en el despacho de Dave, con vistas al patio de la fábrica. Jack vio un par de grúas, varios armazones de barcos, un montón de tráileres y carretillas. Por sus anteriores conversaciones Jack sabía que Dave nunca se plantearía reducir la plantilla y dejar a muchas personas sin trabajo. Los hombres como Dave tenían muy clara una cosa: el capitán era el último en abandonar el barco.

–¿Te apetece un café, Jack?

–¿Tienes cerveza?

Dave sacó un par de latas de un minibar. Jack abrió la suya y tomó un largo trago.

–Mmm… Está helada.

–Me gusta la cerveza tan fría que se me entumezcan los labios.

–A mí también –dijo Jack, sonriendo.

–¿Sabías que Cheryl y yo tenemos cuatro chicos?

–Sí, me lo comentaste una vez.

–El mayor cumplirá veintiún años la próxima primavera. Tendrá edad para beber y votar… Es escalo-

friante lo rápido que pasa el tiempo. Yo tenía veintiún años cuando me metí en este negocio. Me dejé la
piel. Cuando el dueño decidió jubilarse me preguntó
si quería quedarme con la empresa. Lo aprendí todo
de él. Fue como un padre para mí.

–Ahora entiendo por qué ves a tus empleados
como si fueran tu familia.

–La familia… –Dave bajó la mirada al suelo y
asintió–. No hay nada más importante, ¿verdad? La
familia hace que una persona se sienta aceptada –miró
fijamente a Jack–, a veces incluso abrumada.

Dave lo miraba con curiosidad, como si el rostro
de Jack fuera una máscara que pudiera arrancar para
ver lo que ocultaba. Jack, en cambio, pensaba en los
Lassiter, en lo unidos que habían estado siempre y en
la reciente fractura en el seno familiar.

–También tienes dos hijas.

–Son las benjaminas. Gemelas. Mi mujer temía
que fuéramos padres viejos y que no estuviéramos vivos para ver a nuestros nietos. Yo le digo que nuestra
memoria y nuestro amor siempre perdurarán. Esas ni-
ñas y niños siempre sabrán de dónde vinieron y lo
mucho que se les quería.

Jack tomó un sorbo de cerveza. La conversación
estaba adquiriendo un matiz muy personal, pero después de la semana que había pasado le resultaba agradable estar allí sentado mientras Dave filosofaba sobre el concepto de familia.

Necesitaba olvidarse del asunto Lassiter durante
un rato, y de lo disgustada que había estado Becca al

dejarla en casa. Por muy fuerte que fuese la pasión que habían compartido, no creía que ella quisiera volver a verlo. ¿Cómo podía algo tan estupendo acabar tan mal?

—Fuiste hijo único, ¿verdad? —le preguntó Dave.

—Mi madre tenía problemas de salud. Fue un milagro que pudiera tenerme a mí.

Siempre había sentido un vínculo especial entre Ellie Lassiter y su madre por eso.

—¿Alguna vez te has preguntado cómo sería tener un hermano o una hermana?

Curioso que se lo preguntara.

—Uno de mis primeros recuerdos es preguntarle a mi padre si podía pararse de camino a casa y recoger uno para mí.

Los dos se rieron. Jack disfrutaba de aquellos momentos, pero la cosa se estaba poniendo demasiado… amistosa. No había ido allí para eso.

—Dave, he estado pensando en nuestro trato, y me gustaría pedirte algo más.

Jack le dio una cifra… mucho más alta de la que había pretendido. Cuando Dave se limitó a quedarse sentado, observándolo con un atisbo de sonrisa, Jack se removió en el asiento y carraspeó. Tal vez tuviera que aclarar su postura.

—Me gustas, Dave. Eres un hombre firme y decidido. Pero no nos veo como posibles socios.

—¿No?

—No.

—¿Y como hermanos?

A Jack le dio un vuelco el estómago.

–Lo siento. No puedo formar parte de tu familia.

–Ya lo eres.

Jack soltó lentamente el aire y se levantó.

–Será mejor que me vaya.

Dave permaneció sentado.

–Preferiría que te quedaras. Aún tenemos mucho de que hablar.

Su expresión era extrañamente tranquila. Aquella no era solamente una reunión de negocios…

–¿De qué va todo esto?

–Ya te lo he dicho.

–¿Familia?

–Lo descubrí hace dos meses.

–¿Descubriste el qué?

–Hace dos meses ingresaron a mi madre por problemas de diabetes. Murió a los pocos días.

Jack suspiró.

–Lo siento. Mi madre murió hace diez años.

Unos meses después su padre la siguió a la tumba.

–Antes de morir –continuó Dave–, dijo que tenía que contarme algo… Una historia que nos concernía a mí y también a ti, Jack.

–Es absurdo.

–Tu padre nunca lo supo.

–Suéltalo.

–Tu padre salía con mi madre cuando ella vivía en Cheyenne. Al parecer rompieron porque la familia de tu padre no pensaba que ella fuese lo bastante buena para él. Poco después tu padre se casó con tu madre y la mía se casó con mi padre —se echó hacia atrás en el asiento—. No quería que su marido supiera que John Reed la había dejado embarazada y le hizo creer que yo era suyo.

A Jack empezaron a zumbarle las orejas. Lo miró fijamente y soltó una áspera carcajada.

—¿Pretendes que me crea que tengo un hermanastro… que tú eres mi hermanastro y que mi padre me lo ocultó toda mi vida?

—Él nunca lo supo.

A Jack le ardían las orejas. Viejo loco… Nada de lo que decía tenía sentido. David Baldwin necesitaba que le examinaran la cabeza si pensaba por un momento que Jack se lo tragaría. Lo mejor sería largarse y olvidarse del acuerdo para siempre.

—Durante muchos años mi madre siguió de cerca la vida de tu familia —continuó Dave—. Especialmente tus logros, Jack.

—¿Por qué haces esto?

—Porque quiero recuperar los años perdidos, y pensé que tú querrías lo mismo.

Jack quería decirle que bajara de las nubes. Pero la emoción que brillaba en los ojos de Dave le detuvo. Era un brillo de afecto y compasión.

¿De amor fraternal, tal vez?

Se dejó caer en la silla. Apuró la cerveza y apretó la lata con fuerza.

—Creo que necesito otra cerveza.

Dave se levantó y se dirigió hacia el bar.

—Un whisky doble, mejor.

Capítulo Trece

Becca se llevó una profunda decepción cuando se canceló la rueda de prensa de Angelica. No hacía falta ser muy inteligente para intuir lo que había pasado.

Felicity volvía a estar en la ciudad, y cuando aquella noche fue a verla Becca estaba muy lejos de superar el asunto Lassiter y todo lo demás. Por primera vez en su vida quería meterse en un hoyo y no volver a asomar la cabeza.

Al abrir la puerta vestida con su sudadera favorita de los Raiders y unos calcetines largos se encontró a una Fee visiblemente decepcionada y confundida.

–Supongo que te has enterado –murmuró Becca.

–No voy a molestarme en preguntarte si es cierto –dijo Fee.

Condujo a su amiga a la cocina, donde Fee le mostró la botella de vino tinto que había llevado.

–Pensé que te haría falta un trago. A mí desde luego que sí.

–Perfecto para acompañar la tarta de queso –Becca ya se había comido la mitad, y el resto estaba en la encimera, junto a un plato usado.

–Dime que no te has comido todo eso esta tarde –dijo Fee, horrorizada.

–Es mejor atiborrarse de calorías que cortarse las venas…

–No hables así. La cosa no es tan grave.

Fee tenía razón. Ningún problema valía más que la vida. Pero eso no significaba que no se sintiera fatal.

Fee sacó dos copas mientras Becca abría la botella de *merlot*. Lo sirvió y propuso un brindis.

–Por la mujer más débil del mundo –dijo, y tomó un largo trago.

Fee se abstuvo de beber.

–Puede que el alcohol no sea lo más conveniente en estos momentos.

–El alcohol nunca ha sido mi problema –en esos momentos lo era la autocompasión.

–Eres cualquier cosa menos débil.

–Lo he sido con Jack.

–Cariño, perdona que te diga que no has sido la única.

Los buenos amigos siempre tan honestos… Becca no era la primera conquista de Jack ni sería la última. Una muesca más en su culata.

–Conocía la reputación de Jack con las mujeres. Pero mi corazón se metió por medio y de repente, sin saber cómo, el redomado mujeriego se transformó en un príncipe azul. Es de locos, lo sé, pero hay algo en su voz, en su… todo, que tira de mí con una fuerza incontrolable.

Fee entornó la mirada.

–No te habrás enamorado de él, ¿verdad?

Becca dejó la copa y se cubrió la cara con las manos.

–¿Qué voy a hacer?

Fee la agarró del brazo y la hizo sentarse.

–Lo primero que debes saber es que tienes muchos amigos en Lassiter Media –le dijo, sentándose ella también–. No van a crucificarte por esto, aunque no creo que a Evan McCain le haga mucha gracia.

–He hablado con Evan. Y no, no le ha hecho ninguna gracia. Sabe que mis intenciones eran buenas. Es la forma de llevarlas a cabo con lo que no está de acuerdo –cada vez que pensaba en enfrentarse a las miradas de decepción y curiosidad de sus colegas se estremecía de pavor–. He pedido el resto de la semana libre. Evan me ha sugerido que vuelva a la oficina el lunes. Supongo que para entonces ya habrá pensado qué hacer conmigo.

–¿Y Jack Reed?

Solo el sonido de su nombre bastaba para acelerarle el corazón.

–Ojalá nunca más tuviera que volver a ver su sonrisa…

Fee arqueó una ceja.

–Entonces ¿no estás enamorada de él? Antes no me has respondido.

Becca se levantó y se llevó otro pedazo de tarta a la boca. No le sirvió para sentirse mejor.

–Ojalá nunca vuelva a verlo –dijo, evitando de nuevo la pregunta–. Ojalá pudiera volver atrás y borrar todo lo que ha sucedido esta semana.

–¿Y qué harás cuando te llame? Porque seguro que te llamará. ¿Te negarás a responder? Sé por lo que estás pasando, Becca. Te sientes esclava de tus emociones y desearías sentir otra cosa, pero no puedes superar ese profundo anhelo que te consume por dentro. Esa enloquecedora y asombrosa realidad a la que no puedes escapar…

Becca sonrió suavemente.

–Tú pasaste lo mismo con Chance.

–Sí… Y no pude liberarme hasta que me rendí.

–¿Quieres decir que yo también debo doblegarme a mis sentimientos en lo que se refiere a Jack? –se estremeció de miedo, pero al mismo tiempo sintió un delicioso calor en las venas al pensar en volver a estar con él–. No se parece en nada a Chance Lassiter.

–Pero tú no te sientes atraída por Chance. Te sientes atraída por Jack, a pesar de todos sus defectos –Fee también se levantó y se acercó a la encimera–. ¿Te has preguntado por qué estás tan enfadada?

–Sé muy bien por qué. Porque todo esto es culpa mía.

–Querrás decir que no pudiste impedirlo.

Fee no lo entendía. Una persona no podía olvidarse de su responsabilidad.

–Ya sé que para ti todo es maravilloso en estos momentos. Y me alegro por ti y por Chance, en serio. Pero es del todo imposible que Jack y yo acabemos siendo una pareja. No podríamos ser más distintos. Desprecio lo que hace y lo que piensa. Le importa un bledo el daño que le está causando a la fundación.

Fee guardó un breve silencio y ladeó la cabeza.

–Por duro que sea, creo que deberías ver las fotos que os sacaron en el lago.

A Becca le entraron ganas de vomitar al pensar en cuánta gente estaba viendo aquellas fotos en Internet.

–Para mí muestran a dos personas que parecen estar hechas la una para la otra –continuó Fee–. Llámame romántica si quieres, pero no creo que tú y Jack hayáis acabado aún.

Jack se fue a su casa de Cheyenne con el rabo entre las piernas por dos razones. La primera, necesitaba tiempo y espacio para asimilar lo que le había contado David Baldwin. Dave decía que eran hermanos por parte de padre y le había sugerido una prueba de ADN. Lo primero que Jack había pensado era que se trataba de un engaño para sacarle más dinero. Lo segundo, lo mucho que podría cambiar su vida si la teoría de Dave fuera cierta. No tenía tíos ni parientes cercanos. Se podía decir que desde la muerte de sus padres se había quedado sin familia.

Aunque nunca había profundizado en ello, había ocasiones en las que se sentía solo. Todo el mundo tenía a alguien con quien pasar la Navidad. A Jack no le faltaban invitaciones, pero incluso a sus años una Navidad sin familia no era una verdadera celebración.

Esperar los resultados de la prueba de ADN resultaba más duro de lo que se había imaginado. Y la expectación era aún peor por el segundo motivo por el que se había marchado de Los Ángeles. No soportaba el dolor y la humillación que le había provocado a Becca y no quería arriesgarse a volver a hacerlo. Por eso debía poner tierra por medio.

Y había ido a refugiarse en el lugar que una vez había considerado su hogar.

La casa de una sola planta y estilo ranchero era muy modesta comparada con las vecinas. Nada que ver con su ático de lujo en Los Ángeles. Pero cuando dejó el equipaje en la habitación y miró los banderines del instituto y su primer reproductor de CD, se sintió invadido por una paz como la que nunca había sentido en California.

Los dos primeros días no hizo otra cosa que relajarse. Pero al tercer día sintió la necesidad de ponerse en movimiento. Se caló un sombrero Stetson y se subió a la vieja camioneta de su padre para dirigirse al Big Blue.

Después de recorrer cincuenta kilómetros el famoso rancho apareció ante sus ojos. En sus treinta mil acres pastaba el mejor ganado de Wyoming. Chance, el sobrino de J.D., residía en la casa original. La casa principal, donde vivía la madre de Chance, era una enorme construcción de troncos de mil metros cuadrados, construida cuando Ellie y J.D. adoptaron a los chicos. Jack y J.D. habían compartido muchas veces un brandi en la terraza, hablando de deportes y negocios.

Se detuvo en la verja y esperó unos minutos. Sentía curiosidad por ver de nuevo el rancho, pero no tenía la menor intención de hacer una visita. No sería bienvenido, como en los viejos tiempos cuando se le consideraba un buen amigo de la familia. La única excepción era Angelica, lógicamente.

Pensó en ir a ver a Logan a su bufete. El ambicioso abogado y Jack no eran exactamente amigos, pero al menos Logan entendía como nadie su situación en el asunto de Lassiter Media.

Se disponía a dar media vuelta cuando otra camioneta, más nueva, se acercó por el camino de entrada. Jack bajó la ventanilla al reconocer a la conductora, y lo mismo hizo ella.

−¿Cómo te va, Marlene?

−Muy bien, Jack. ¿Vas a entrar?

Marlene acababa de cumplir sesenta años. Tenía el pelo castaño y corto y unos ojos avellana redondos y amables. Después de que muriera su marido, veinticuatro años antes, se había trasladado allí desde la casa original para cuidar de los niños de J.D., y se rumoreaba que su relación con J.D. había sido especialmente íntima.

−Iba de camino a la ciudad.

−¿Vas a comer en el Grill?

¿Y arriesgarse a encontrarse con Dylan?

−Voy a pasarme por la oficina de Logan Whittaker.

−Salúdalo de mi parte −Marlene apoyó el codo en el borde de la ventanilla−. No me gusta nada la posición en la que os ha puesto el testamento de J.D.

Jack apreciaba su solidaridad, pero no era el momento ni el lugar para hablar de ello.

–Todo se arreglará.

Ella se inclinó por el hueco de la ventanilla y bajó la voz como si temiera que alguien la oyese.

–Sé de qué va todo esto… Por algo viví con J.D. y sus preocupaciones.

Jack sonrió. Se preguntó si Marlene lo había deducido por sí sola o si J.D. le había comentado algo antes de morir en la cena de ensayo de Angelica y Evan. Fuera como fuera, Jack estaba obligado a guardar silencio. Si todo salía como estaba previsto, muy pronto podría revelar el verdadero papel que había jugado en aquel drama de familia.

–J.D. era un buen padre –continuó Marlene–. Quería a su princesa más que a nadie y nada en el mundo. Me alegro de que Angelica tenga un buen amigo que cuide de ella ahora que su padre no está.

Sus palabras conmovieron y sorprendieron a Jack, acostumbrado como estaba a recibir comentarios de otra índole.

–Cuídate, Jack –Marlene puso la camioneta en marcha–. Y vuelve por aquí cuando todo haya terminado.

Jack estaba más impaciente que nadie por que todo terminara.

David Baldwin llamó a Jack al final de la semana. Los resultados de la prueba de ADN confirmaban sus sospechas. Nada más enterarse, Jack voló de regreso a Los Ángeles y fue directamente a casa de su hermano.

Conoció a los niños, sus sobrinos y sobrinas, y disfrutó de un banquete familiar lleno de risas, charlas y amor. Al final de la velada había aceptado a aquellas personas como lo que eran, su familia, y estaba decidido a conocerlos mejor.

Cuando se estaban despidiendo en el porche, Jack quiso decirle algo importante a su hermano.

—No estoy furioso con tu madre por haber ocultado su secreto todos estos años. Sé que solo intentaba proteger a las personas que más quería.

—Siento no haber conocido a tu padre —le dijo Dave con su eterna sonrisa—. Nuestro padre…

—Se parecía mucho a ti, ¿sabes?

Dave arqueó las cejas.

—¿En serio?

Jack abrazó a su hermano. En algunos aspectos, aquel descubrimiento era como si su padre le hubiera hecho un regalo desde la tumba. Todo lo contrario a la situación de Angelica, quien sentía que su padre la estaba castigando después de muerto. El drama aún no había acabado, y Jack confiaba en que todo se revolviera para ella, aunque no acabara bien para él. No intentaría hacerse con Baldwin Boats y tenía otros planes al respecto. La familia era lo primero.

Pero con Lassiter Media estaba obligado a seguir su plan hasta el final. No tenía alternativa.

Se subió al coche y encendió el móvil. Angelica le había dejado un mensaje pidiéndole que la llamara.

Respondió al primer toque.

–¿Qué tal por Cheyenne?

–Tranquilo. ¿Y tú, cómo estás?

Oyó que respiraba profundamente.

–Quería hablarlo contigo en persona... Has hecho todo lo posible por ayudarme, pero no es necesario que pierdas el tiempo viniendo hasta aquí.

–Te escucho.

–He decidido tirar la toalla.

Jack levantó el mentón.

–Sigue.

–No puedo hacerlo. No quiero hacerlo. Mi familia significa más que la frustración o la rabia por perder lo que creía que era mío.

–Angelica...

–No, Jack. Esta vez no. Déjame terminar. Mi padre era el hombre más inteligente que he conocido. Le quería y le respetaba más que a nadie. Es hora de que cumpla su última voluntad y haga las paces con mi familia, pero sobre todo conmigo misma. Se acabó. Me retiro de esta lucha.

Jack esperó un momento antes de hablar.

–Si es tu decisión...

–Me alegro de que lo entiendas. Y una cosa más...

–Dime.

–Si alguna vez intentas apropiarte de Lassiter Media, haré cuanto esté en mi poder para impedirlo. Y también mis hermanos.

Jack golpeó el volante con los dedos.

–¿Y Evan?

–Mientras Evan sea el presidente de Lassiter Media, le apoyaré en todo.

–¿Hay algún modo de convencerte para que lo reconsideres?

–Nada en este mundo podrá hacerme cambiar de opinión.

Terminó la llamada y llamó a Logan.

–Espero que tengas buenas noticias –le dijo el abogado.

–Las mejores.

Logan bajó la voz.

–¿Es lo que creo que es?

–Acabo de hablar con Angelica. Ha tomado una decisión en firme y va a tirar la toalla. Definitivamente.

–¿Hay alguna posibilidad de que cambie de opinión?

–Ninguna.

–¿Estás seguro?

–Como ella misma ha dicho, se acabó –sonriendo, Jack cerró los ojos y apoyó la cabeza en el reposacabezas.

Al fin todo había acabado.

Al ver el impresionante físico de Jack Reed llenando a la puerta de su despacho, Becca se levantó de un salto. Había vuelto al trabajo aquella mañana y le había costado enfrentarse a las miradas de sus colegas. Más duro sería ver a Evan, con quien tenía una cita más tarde, pero estaba preparada para lo peor. Si estuviera en lugar de Evan no dudaría en despedirse, por muy buenas que hubieran sido sus intenciones.

Pero, ¿cómo se atrevía Jack a presentarse en el edificio de Lassiter Media y ponerla en una situación aún más embarazosa? ¿Acaso no se preocupaba por su futuro ni por sus sentimientos? ¿Cómo se podía ser tan egoísta y sinvergüenza?

–¿Cómo has conseguido entrar?

–El personal de seguridad está durmiendo o quizá no hayan reconocido mi cara de las fotos de la policía. Y nadie ha intentado detenerme en esta planta. Supongo que tus colegas se han quedado de piedra al verme y no han sabido cómo reaccionar. Aunque tampoco habrían conseguido nada.

–Vete, por favor –le dijo mientras agarraba el teléfono.

Si no se iba llamaría a seguridad. A la policía si no hubiera más remedio.

–Debes escuchar lo que tengo que decir –se acercó y rodeó la mesa para situarse junto a ella–. Cuando haya terminado quizá quieras descorchar una botella de champán.

Becca temblaba de la cabeza a los pies.

–Te lo digo por última vez. Márchate, Jack. Vete antes de empeorar más las cosas.

Como la última vez que se habían visto. Becca no quería recordar la mueca de la reportera aquella tarde. En cambio, con Jack tan cerca de ella, los buenos recuerdos empezaron a asaltarla, como la seguridad que había sentido entre sus fuertes brazos... Sin pretenderlo, aspiró su olor y de repente volvió a sentir el calor que la invadía cada vez que sus bocas se encontraban.

Pero todo eso pertenecía al pasado. Ella había seguido adelante y por nada del mundo volvería a pasar por lo mismo. Ni siquiera por aquella diabólica sonrisa.

–Te agradecería que no me sonrieras así –le dijo. Se giró y llamó a seguridad, pero Jack le arrebató el auricular–. ¿Pero qué haces? No puedes entrar aquí y comportarte como si todo esto te perteneciera. Aún no eres el dueño de este lugar.

–Parece que no voy a serlo nunca –la miró fijamente mientras se acercaba–. ¿Quieres que pida que nos suban ya el champán?

Becca sintió que el suelo se movía bajo sus pies y tuvo que apoyarse en la mesa para no caer.

–¿Quieres decir que... no habrá una OPA hostil? –¿Jack había renunciado a ayudar a Angelica en su lucha por apoderarse de Lassiter Media? No, no podía ser. Sonaba demasiado ideal para ser cierto.

Miró a Jack con ojos entornados y retrocedió un par de pasos.

–No te creo.

–No me creas. Seguro que lo dicen esta noche en las noticias.

Ella esperó, sintiendo cómo le latía frenéticamente el pulso, pero Jack no parecía estar bromeando.

–¿Lo dices en serio?

–Absolutamente en serio.

Becca sintió que la invadía un alivio inmenso y una felicidad incomparable. Los ojos se le llenaron de lágrimas.

–¿Cuándo…?

–Angelica y yo estuvimos hablando anoche.

A Becca se le escapó una carcajada. Se abrazó con fuerza a su cuello y siguió riendo. Jack parecía tan seguro y honesto, tan digno de confianza y comprensivo, que ella quería besarlo hasta la extenuación.

Entonces pensó en Angelica. Por mucho que ella anhelara aquel resultado, la pobre Angelica debía de estar destrozada. Jack había sido su última esperanza para recuperar la empresa.

Se echó hacia atrás, pero sin soltarle la mano.

–¿Cómo se lo ha tomado Angelica? Debe de estar muy disgustada.

–Ha sido decisión suya, no mía.

–¿Ah, sí? –bueno, aquello suponía una gran diferencia–. ¿Y tú no has intentado convencerla?

–Pues claro. Pero esta vez no habrá vuelta atrás. Ha decidido poner en primer lugar a la familia y luego sus aspiraciones empresariales.

–¿Quieres decir que ha renunciado a presentar batalla?

Él asintió y Becca sintió que se le revolvía el estómago. De repente Jack no le parecía tan honrado.

–Pero tú has intentado convencerla para que siguiera enfrentándose a su familia –y no por primera vez–. ¿Por qué estás tan contento?

–Es muy sencillo –Jack se apoyó en la mesa y cruzó los brazos y los tobillos–. La intención de J.D. siempre fue que Angelica se hiciera cargo de Lassiter Media, pero no quería que cometiera los mismos errores que él.

–¿De qué estás hablando?

–J.D. dedicó todo su tiempo y energía a los negocios.

–Sí, ¿y qué?

–Los negocios acabaron siendo la prioridad y desatendió los otros aspectos de su vida. Después de sufrir el primer ataque, cuando Angelica tomó el relevo y se volcó por entero en la empresa, J.D. temió que cuando él no estuviera su hija se olvidara de todo, incluso de la familia, en su afán por seguir sus pasos.

Jack la agarró de la mano y la llevó al sofá.

–Parecía enteramente comprometida –dijo, sentándose a su lado.

–Cuando J.D. cambió su testamento poco antes de morir hizo que se incluyera un anexo. Logan Whittaker y yo éramos los únicos que conocíamos su existencia. Solo se haría público si Angelica aceptaba el testamento y apoyaba a la familia y a Evan. Entonces pasaría a controlar la mayoría de los derechos de voto de Lassiter Media, que había sido siempre la voluntad de J.D.

–¿Solo cuando aceptara las cláusulas del testamento?

–Por cómo lo veía J.D., Angelica necesitaba entender que la familia era lo primero y lo más importante. Quería que se hiciera cargo de la compañía, pero sobre todo quería que disfrutara de una vida feliz y equilibrada.

Becca se echó hacia atrás, aturdida por la revelación. J.D. no solo había provocado un cisma en la familia sino que había provocado la separación de Angelica y Evan. Si su intención era hacerle apreciar a su hija la importancia de la familia, no se podía decir que hubiera elegido el mejor modo.

–¿Y tú formabas parte de este ardid? –le preguntó a Jack.

–Mi misión era empujarla todo lo posible en la otra dirección.

–Eso es muy… retorcido.

–Era el plan de J.D., no el mío. Quería que Angelica se rebelara y que estuviera segura de lo que hacía.

–Seguramente J.D. se esperaba que Angelica y Evan se casaran antes de su muerte. ¿No pensó en las consecuencias que su plan podía tener en el enlace? –lo pensó un momento–. ¿O también quería poner a prueba las buenas intenciones de Evan?

–Solo sé que me eligió para hacer lo que he hecho.

–Obviamente te veía como el hombre ideal para hacerlo.

Por increíble que pareciera, Jack no había sido el malo en aquel drama. Era una buena persona a la que le había tocado hacer de malo, lo que le convertía en alguien doblemente bueno.

Su plan no era exactamente robarles a los ricos

para dárselo a los pobres, pero tampoco engañar a Angelica para apoderarse de la empresa y luego venderla por partes.

La sonrisa de Becca se extendió de oreja a oreja. Si Jack se sentía aliviado ella se sentía eufórica.

Se echó hacia delante y le dio un beso en los labios.

—Lo siento… Pero es que estoy tan contenta de que la pesadilla haya acabado y de que Angelica haya recuperado su empresa…

—No te disculpes —se acercó y la besó suavemente en los labios—. Lo mejor es que cuando se corra la voz la fundación recuperará su buena imagen.

—Pero Evan…

—Recibirá una buena compensación.

—Ninguna indemnización compensará la pérdida de la empresa y de la mujer a la que amaba… Y a la que quizá sigue amando.

—Evan se recuperará.

—Y tú… ¿sabes lo que eres? —le puso la mano en la barbilla—. Eres un héroe.

Él se echó ligeramente hacia atrás.

—Solo estaba siguiendo instrucciones.

—Ojalá lo hubiera sabido.

—Ojalá hubiera podido decírtelo.

A Becca le latía fuertemente el corazón. Los labios de Jack ofrecían un aspecto irresistiblemente delicioso. Y ya no le importaba quién les sacara fotos. La verdad se sabía y Jack había vuelto.

Le acarició el pecho y se acurrucó contra él. El calor que despedía su cuerpo a través de la camisa la hizo suspirar.

–¿Qué vas a hacer ahora?

Él la rozó con los labios antes de responder.

–Voy a secuestrarte.

–Copiando estrategias… Me gusta –le apretó el muslo–. No quiero decir que esté a favor de tus negocios en general.

–Entonces quizá te gusten mis otras noticias. Pero me temo que me llevará todo el día contártelo con detalle, así que deberías informar a tu secretaría de que no vas a estar disponible.

Volvió a besarla, con mucha más intensidad, y las mariposas que revoloteaban en el estómago a Becca prendieron en llamas.

–¿No deberíamos dejar una nota de secuestro?

–Pon «he ido a pescar».

Media hora después estaban desnudos en la cama.

Capítulo Catorce

Jack y Becca salieron del edificio de Lassiter Media sin preocuparse por nada.

O al menos así había parecido al principio.

Le había echado de menos como si fuera una droga. Jack lo sabía porque él se había sentido igual. Finalmente todas las piezas encajaban. Aquella mañana había transferido una gran cantidad de dinero a la Fundación Lassiter, en concreto al programa de ayuda que se desarrollaba en Brightside House. Era una buena causa, y además haría feliz a Becca. Eso era lo más importante, porque si ella era feliz él también lo era. Más de lo que nunca había sido.

La llevó a su ático. En cuanto la puerta metálica se cerró, la apretó contra él y subió las manos por la espalda del vestido rojo. Pero se contuvo y se obligó a esperar un momento.

—Eres más hermosa de lo que recordaba…

Ella le recorrió el pecho con los dedos, mirándolo seductoramente bajo sus largas pestañas.

—¿No vas a besarme?

Él la agarró por el trasero y ella le echó los brazos al cuello, riendo. Con aquellos tacones tan altos estaba a la altura adecuada…

–Si lo hago aquí no saldremos del ascensor en todo el día.

–¿Y qué? –ladeó provocativamente la cabeza–. ¿Acaso no es tuyo el edificio?

Buena apreciación.

Tenía la boca a un milímetro de la suya cuando se abrió la puerta del ascensor. La levantó en brazos y caminó hasta el centro del salón.

–¿Tienes una asistenta aquí también?

–Solo estamos nosotros dos.

La luz de la mañana que entraba por los ventanales se reflejó en los ojos de Becca.

–¿Sin cámaras?

Él volvió a levantarla hasta que sus narices se tocaron.

–No hay nada de lo que avergonzarse.

–Todo eso ha quedado atrás.

Así era. Jack tenía otras cosas que contarle, pero podían esperar.

La besó en los labios, al principio muy suavemente, un ligero roce que, sin embargo, prendió una llamarada de placer que se le propagó por las venas. Entonces le cubrió la boca con la suya y se sumergió de lleno en la pasión febril que los embargaba.

Tenían hasta la mañana siguiente. Para entonces todo el mundo sabría que Angelica había ocupado el lugar de Evan y Becca tendría que hacer frente a muchos cambios.

La llevó hacia el dormitorio principal sin dejar de besarla, la dejó a los pies de la cama y le recorrió la espalda con las manos. Apoyando la frente en la suya, le bajó la cremallera del vestido y dejó que la prenda roja cayera al suelo.

No tenía intención de demorarse en aquel punto, pero la lencería de Becca era tan sexy que merecía la pena apartarse para deleitarse la vista. Ella sonrió con picardía y movió la cadera en una pose sensual.

–¿Te gusta?

–Te encanta la variedad, por lo que veo –la recorrió con la mirada de arriba abajo–. Un día llevas vaqueros y al siguiente… ¿Cómo se llama esto?

–Es un ligero de satén y rejilla –giró lentamente sobre sí misma–. De color frambuesa.

Él volvió a acercarse y bajó las manos por la curva de satén hasta la franja de piel que quedaba al descubierto sobre los muslos. Un palmo por debajo empezaban las medias de seda. Jack frotó ligeramente la mandíbula contra su mejilla y le apartó el pelo.

Le deslizó el tirante por el hombro y acercó la boca a su piel. Su olor era fresco y… la única palabra que podía definirlo era «elegante». La lamió desde el hombro hasta el cuello y sintió como se estremecía de placer.

–Quítate la camisa –murmuró ella–. Y siéntate en la cama.

Él le mordió el lóbulo de la oreja.

–¿Te gusta mandar?

–Por turnos.

Jack no puso objeción a que empezara ella. Retrocedió hasta la cama al tiempo que se desabotonaba la camisa y se sentó mientras Becca se quitaba provocativamente el otro tirante y los zapatos. Levantó la pierna y apoyó el pie en la colcha, junto al muslo de Jack, para deslizar la media hacia abajo.

Jack no sabía adónde mirar, si a aquella pierna tan exquisitamente torneada o la imagen aún más tentadora de los pechos que pugnaban por escapar del sujetador. Y también estaba el atisbo de sus braguitas al cambiar las piernas para quitarse la otra media.

Arrojó la camisa al suelo y alargó las manos hacia ella, pero Becca se echó hacia atrás con una sonrisa.

Encantado con el juego, Jack se apoyó con las manos en la cama mientras ella se agarraba el borde de la prenda y tiraba hacia arriba, revelando el vientre, las costillas y los pechos, hasta quedarse en braguitas y con el liguero en la mano. Las franjas de luz que entraban por las persianas inclinadas realzaban varias partes de su hermoso cuerpo. Becca avanzó hacia la cama con una seguridad arrebatadora. Jack no podía aguantar más. Los días que había pasado sin verla habían sido una tortura. Pero la espera había merecido la pena.

Se quitó los zapatos, pantalones, calzoncillos y calcetines antes de que ella cubriera la distancia que los separaba y se subiera a su regazo. Lo hizo tumbarse de espaldas y lo besó con una pasión salvaje, rodeándole la cabeza con los brazos y aplastando los pechos contra su torso. Al intentar apartarse él la agarró por los brazos, pero ella se rio y se deslizó hacia abajo, besándolo en el cuello, el pecho, el abdomen… Le trazó un círculo con la lengua alrededor del ombligo y le provocó una convulsión en las caderas. Siguió bajando hasta que los labios rozaron el extremo de su erección. Jack sintió como los dedos envolvían la base del miembro y empezaban a apretar y subir al tiempo que la boca descendía.

Se aferró a la colcha y apretó los dientes. El placer lo abrasaba y se sentía peligrosamente cerca del orgasmo. Se concentró en el ritmo que ella imprimía, moviendo la mano y la boca en perfecta sincronía. Con la otra mano le masajeaba el costado, como una gatita preparando su cama.

Al apartar la boca el aire fresco acarició la carne ardiente y mojada. Si no se hubiera detenido, Jack habría olvidado cuánto quería hacerla gozar. La agarró por la cintura mientras ella se levantaba, la tendió de espaldas y le prodigó un reguero de besos húmedos y pausados alrededor de cada pecho, antes de descender y quitarle las braguitas para besarla en el pubis y más abajo. Ella se arqueó con un fuerte gemido y él volvió a lamerla, deleitándose unos momentos con su sabor y fragancia antes de sacar un preservativo del cajón.

Se lo colocó rápidamente y volvió a unirse a ella. Su cuerpo era cálido y suave, y sus ojos expresaban una confianza y una entrega absoluta. Jack se colocó entre sus piernas mientras ella le entrelazaba los dedos por el pelo.

Era como si tuviera un horno encendido en su interior. El sudor le empapaba la frente y los pechos a

Becca. Jack se introdujo en ella, cerró los ojos y levantó el rostro hacia el techo mientras empujaba hasta el fondo.

Ella le rodeó el trasero con las piernas y le susurró lo maravilloso que era sentirlo y que ojalá estuvieran siempre así. Jack incrementó la fricción de los cuerpos hasta que sintió que se fusionaban en uno solo.

Sintió que apretaba los músculos internos y le clavaba los dedos en la espalda. Aumentó el ritmo de las embestidas, recibió en la cara el aliento que despedían sus jadeos y pegó la boca a la suya al tiempo que ella apretaba las piernas.

Entonces cerró los ojos y la abrazó con fuerza para llegar al orgasmo los dos juntos.

Capítulo Quince

–No vas a creértelo –dijo Becca al leer el mensaje que había recibido.

Jack se giró de costado y le dio otro beso de buenos días en los labios.

–¿Vas a encargar bollos daneses?

–Todos mis antojos están perfectamente satisfechos… De momento.

Habían pasado todo el día y toda la noche en el ático de Jack. Habían cenado en el balcón con los pies apoyados en la barandilla. Alrededor de las diez se quedaron dormidos en el sofá mientras veían *Forrest Gump*. Al despertar se habían dado una larga ducha los dos juntos y habían vuelto a la cama.

Becca había apagado el móvil para disfrutar al máximo con su chico malo. Pero parecían haber sucedido muchas cosas entretanto.

–Sarah dice que se ha corrido la voz de que Angelica vuelve a ser la presidenta de Lassiter Media. Contigo fuera de juego las donaciones vuelven a llegar a raudales –miró con simpatía a Jack–. No te ofendas.

–Tranquila –la besó en el cuello–. Parece que todo se ha solucionado…

Ella suspiró y sonrió con la vista en el techo mientras él le mordisqueaba el hombro.

–Todo ha acabado bien… Tan bien que temo que la burbuja vaya a estallar de un momento a otro.

Él la miró a los ojos.

–A veces hay finales felices.

–Supongo.

Él volvió a besarla antes de incorporarse.

–¿Qué vas a hacer en Acción de Gracias?

–¿Me estás proponiendo una cita?

–No sé… ¿Se puede considerar una cita un evento familiar?

–Tú no tienes familia.

–Desde ayer sí –respondió él, y la puso al corriente de los últimos acontecimientos.

Becca lo escuchó perpleja. ¿Jack Reed tenía un hermano? ¿Y sobrinos?

–Es maravilloso, Jack… ¿Por qué no me lo dijiste antes?

–Quería que este asunto de los Lassiter se arreglara primero –le levantó la mano y la besó en la muñeca–. Una victoria a la vez.

–Ya no eres hijo único. ¿Cómo te sientes? ¿No te parece algo fabuloso?

–¿Quieres que te diga la verdad?

–Claro.

–Lo siento como si fuera demasiado bueno para ser verdad –se inclinó para besarla en el hombro–. Me cuesta creer que vuelva a tenerte entre mis brazos.

Ella le acarició el pelo.

–Hay que aceptar las cosas buenas que la vida nos pone por delante.

–Estoy empezando a entenderlo.

Se besaron como si fuera el inicio de un futuro en común. Becca no quería hacerse ilusiones, pero no podía evitarlo.

–¿Qué va a pasar con el negocio de tu hermano?

–A ver si lo adivinas.

–Vais a ser socios.

–En efecto.

Becca se quedó boquiabierta.

–¿Me tomas el pelo?

–Me ofrecí a aportar los fondos necesarios para mantener la empresa a flote, pero él se negó y a cambio me hizo una oferta que no pude rechazar. Dijo que no teníamos la culpa de que nos hubieran separado, pero que estaba en nuestra mano seguir unidos. Si trabajásemos juntos y nos hiciéramos socios estaríamos en contacto continuamente, no solo durante las vacaciones.

–¿Vas a levantar una empresa en vez de desmantelarla? –Becca se echó a reír–. ¡Llamen a un médico!

Él le hizo cosquillas hasta que ella le suplicó que parase.

–Es hora de dejar algo muy claro –volvió a abrazarla–. Yo no me dedico a destruir empresas para obtener beneficios, sino a vender por partes aquellas sociedades con problemas económicos que pueden ser más rentables funcionando como entidades más pequeñas. No soy el tiburón despiadado que muestran los medios.

–Lo sé, lo sé. Sarah me ha dicho que Reed Incorporated ha hecho la mayor donación que la Fundación Lassiter ha recibido hasta ahora –lo besó en la barbilla–. Gracias.

–De nada. Y quiero que sepas que este último, digamos, reencuentro, no ha influido para nada en la donación. Aunque debo decir que estoy abierto a sobornos…

–¿Por ejemplo… algo así?

Se sentó a horcajadas en su regazo y empezó a besarlo lentamente por el cuello y el pecho.

–Exactamente así… Sigue.

Le acarició la espalda, pero entonces Becca recordó algo que se había preguntado la noche anterior, mientras veían la película.

–No estoy segura de una cosa.

–¿De qué?

–Tu misión era presionar a Angelica para lanzar la OPA hostil, ¿no?

–Sí, así es –se inclinó para atrapar un pezón con la boca. Becca se estremeció y cerró los ojos. Era difícil pensar con claridad mientras le hacía esas cosas.

–Habías estado adquiriendo acciones de la empresa para asestar el golpe final desde mucho antes…

–Esas cosas llevan su tiempo –murmuró él mientras le lamía en círculos el otro pezón.

–Pero… ¿qué habría pasado si Angelica no se hubiera echado atrás? ¿Y si hubiera querido seguir adelante con la OPA y os hubierais hecho con la empresa?

–Nos habríamos convertido en socios.

–Y habrías tenido en tus manos el control de Lassiter Media…

Él no respondió y ella bajó la mirada.

–¿Jack?

–Habríamos trabajado juntos, sí.

Becca esperó que dijera algo más, como «pero nunca habría hecho lo que he hecho con otras empresas». Pero Jack permaneció callado y ella sintió un escalofrío. ¡Maldición! Sabía que todo era demasiado bonito para ser verdad.

Se apartó de él y se tapó con la colcha.

–Tenías intención de vender Lassiter Media por partes, ¿verdad?

Él se rascó la cabeza.

–No puedo decir que no pensara en ganar una fortuna sin mucho trabajo.

–Querrás decir haciendo pedazos el trabajo de otra persona.

–Lo habríamos discutido...

–Oh, por favor… Angelica no es rival para ti y lo sabes.

–Eso ya me lo dijiste, pero ayer me plantó cara de un modo por el que su padre habría estado orgulloso.

A Becca le escocía la garganta. De repente se sentía vacía. Traicionada. Estúpida.

–Se lo habrías hecho ver todo tan negro que no te habría costado nada convencerla para vender.

–Creo que me estás sobreestimando a mí e infravalorando a Angelica.

–¿Qué habría sido de la fundación?

–Habríamos encontrado alguna solución.

–¿Una oferta que yo no pudiera rechazar?

–No soy un criminal, Becca. Solo estoy siendo honesto contigo. Todo eso ya no importa. El juego ha terminado y Angelica está donde siempre debió estar.

–Nunca sabrá lo cerca que estuvo de atarse ella misma la soga al cuello.

–De eso se trata –Jack alargó los brazos hacia ella, pero su sonrisa ya no inspiraba lo mismo que antes. A Becca le pareció una sonrisa fría y lobuna–. ¿Por qué preocuparse por algo que nunca ocurrirá? Se trata de ti y de mí, no de negocios.

–Se trata de tener principios. De tomar las decisiones que me permitan mirarme al espejo cada mañana, por duras que sean. ¿Y sabes qué? Desde que me lie contigo es cada vez más difícil.

Él abrió la boca, la volvió a cerrar y se levantó.

–A ver si nos entendemos… Yo nunca te he gustado, y sigo sin gustarte por ser un imbécil insensible, egoísta y codicioso.

–No eres un imbécil.

–Gracias por aclararme ese detalle –rodeó la cama y se detuvo a medio metro de ella–. Dime, ¿cómo has podido acostarte conmigo? Y no una vez tan solo. Debo de haber perdido el juicio, porque pensaba que había estado bien… No, ¿que digo bien? Pensaba que había sido increíble. Lo mejor del mundo.

Becca no supo qué responder y él aprovechó para dar un paso hacia ella.

–Me conoces mejor que nadie. Tal vez no confíes en mí, pero yo sí que he confiado en ti, Becca. Y ahora quieres echarme a los perros…

–No se trata de ti. Se trata de mis sentimientos, de mi futuro y mis decisiones.

–Claro, porque mis sentimientos no cuentan.

–Tú no tienes sentimientos –puso una mueca. Estaban yendo demasiado lejos–. Si los tuvieras, no estarías discutiendo conmigo.

–¿Crees que J.D. era un santo? ¿Quieres saber las cosas que hizo para que tú pudieras alardear de tu fundación? Para dar hay que tener. Alguien tiene que ganar dinero para poder donarlo, y uno no se hace rico dejando que sean otros los que tomen las decisiones que deben tomarse.

–No intentes justificar tu comportamiento –masculló ella entre dientes.

–No lo hago. Y nunca lo haré.

Becca fue hacia el cuarto de baño.

–¿Adónde vas? –la llamó él.

–Regreso a la realidad. A mi realidad. Donde las personas reconocen sus defectos y tratan de corregirlos.

Él se dio una palmada en los muslos.

–Estupendo, soy un ser diabólico por haber tenido buenos padres, haber nacido con cerebro y haber triunfado en la vida.

–Naciste con la necesidad de dominar a los demás.

172

Él sacudió la cabeza como si no pudiera creerlo.

–Me equivoco en pocas cosas… pero contigo me he equivocado.

–Pensaste que podías transformarme.

–Pensaba que podrías sentir algo por mí –se clavó el dedo en el pecho–. Por mí. No por el dinero ni por mi posición ni por mi nombre…

Becca estaba a punto de echarse a llorar.

–¿Pues sabes qué? –cerró con un portazo al tiempo que concluía–: ¡Te equivocaste!

Capítulo Dieciséis

–Si tengo que ser tu compinche, espero no ser como Friar Tuck, al menos.

Jack se giró en la línea de tiro y frunció el ceño.

Bajó el arco mientras ella se acercaba con sus carísimos zapatos de tacón en la mano.

–Merv me ha dicho que estabas aquí.

–¿Qué ocurre?

Sylvia observó la diana, perforada de flechas salvo el centro.

–Me preguntaba cuándo piensa volver el jefe a la oficina.

–No me necesitas para sacar adelante la empresa. Tienes una cabeza prodigiosa para los negocios.

–Conmigo no valen los halagos, Jack.

–Estoy haciendo otras cosas.

–¿Como construir barcos con David Baldwin?

–Es lo único bueno que he sacado de esto.

Sylvia le dedicó una sonrisa.

–Me alegro por ti, en serio.

–Tengo otros proyectos en mente.

–¿Alguno relacionado con Becca Stevens?

–No.

–Pero has estado en contacto con ella...

–Yo le dejé las cosas claras y ella hizo lo mismo. Habría seguido adelante con la opa si Angelica no hubiese cambiado de opinión.

Sylvia no se sorprendió lo más mínimo.

–Y desde que te dejó no has podido pensar con claridad, ¿verdad?

–Es cuestión de voluntad.

Retrocedió hasta la línea de tiro y disparó la flecha, que pasó volando sobre la diana.

Sylvia permaneció unos momentos en silencio, observando el blanco.

–¿Por qué no la llamas?

–A veces en una relación decimos cosas sin pensar. Palabras que hieren en lo más profundo. Pero las personas pueden disculparse y seguir adelante. Becca y yo, sin embargo… –dejó la frase sin terminar.

Sylvia le examinó el rostro con atención, especialmente la boca.

–Espera un momento… Tu labio inferior. ¿Has hecho un puchero, Jack?

Así era Sylvia. Nada se le pasaba por alto y nunca permitía que nadie se compadeciera de sí mismo. Si a un amigo le hacía falta dinero o consejo, se desviviría por ofrecérselo. Pero nadie podía pedirle compasión.

Jack se sentó en el banco y tragó saliva.

–Becca me dijo lo que piensa de mí. Nunca podría cambiar sus principios, y eso le impide estar con alguien como yo.

Sylvia se sentó a su lado.

–Podría intentar seducirla de nuevo –continuó él–,

y pasarlo bien por un tiempo. Pero al final recordaría quién soy y lo que he hecho y la invadirían los remordimientos –dejó el arco en el suelo–. No es la mejor receta para ser feliz.

–Lo siento –dijo Sylvia–. Me equivoqué. Creía que sentías algo por esa mujer, que ella era el motivo por el que no te has dejado ver por la oficina desde hace semanas.

–Soy el mismo Jack Reed –declaró él.

–Te estás escondiendo. ¿De qué tienes miedo?

–No tengo miedo.

–Vamos, dímelo.

Jack no tuvo más remedio que ceder.

–Tengo miedo de destruirla. De defraudarla y… No se me dan bien las relaciones estables, Sylvia. Soy una persona que quiere controlarlo todo.

–Seguro que ella estaría dispuesta a intentarlo.

Jack esbozó una amarga sonrisa.

–Yo no lo creo.

–Se va a tomar un año sabático en la fundación. Se va a ir a trabajar como voluntaria al extranjero.

–¿Qué quieres que haga, Sylvia? ¿Hacer la maleta, seguirla y salvar el mundo los dos juntos?

–Creía que al menos podrías despedirte de ella.

–¿Y por qué iba a querer hacerlo?

–Eres un hombre frívolo e implacable, pero no cruel. Ni estúpido.

–No necesito esto.

–Estoy intentando ayudarte.

–No necesito ayuda.

–Todo el mundo necesita ayuda alguna vez, y algunos de nosotros somos lo bastante maduros para aceptarla. No seas tonto, Jack. Ve a ver a Becca antes de que se marche, aunque te dé con la puerta en las narices. Acepta el consejo de esta mujer solitaria que siempre necesita tener la razón. Habla con ella. Si no lo haces te arrepentirás toda tu vida.

De pie en la playa, Becca vio a Jack bajándose del coche y observando la cafetería de Hailey antes de dirigirse hacia ella. Antes, al responder a su llamada, la mano le había temblado tanto que había estado a punto de colgar. Pero la voz de Jack sonaba distinta… humilde y honesta. ¿Serían imaginaciones suyas?

Había accedido a verlo, pero había insistido en elegir ella el sitio. La playa de Santa Mónica sería el lugar ideal para cerrar definitivamente el círculo y seguir adelante con su vida.

Contuvo la respiración cuando él se detuvo ante ella.

–¿Dónde está el Fiat Bambino? –preguntó él.

–Lo he vendido.

–¿En serio?

–Al hermano de Hailey.

–Vaya. Eso sí que es dar un gran paso.

–Sí –se metió las manos en los bolsillos de su pantalón pirata y enterró un pie en la arena–. Hay que seguir adelante.

La sonrisa de Jack se desvaneció.

Él asintió. El viento le agitaba los cabellos.

—¿Adónde irás?

—Todavía no lo he decidido.

—La fundación te echará de menos.

—La semana que viene celebraré una última subasta benéfica —dijo sin apartar la mirada de las olas.

Oyó unos ladridos a los lejos y se giró. Chicho estaba bajando por la rampa y corría velozmente hacia ellos. Jack se puso en cuclillas para recibirlo y jugar con él. Pero de repente Chicho dio medio vuelta y regresó al restaurante. Seguramente Hailey lo había llamado.

—Quiero que sepas que no estoy enfadada contigo —le dijo a Jack—. De hecho, quiero disculparme. No tengo derecho a juzgar a los demás cuando mi comportamiento ha dejado tanto que desear. Me sentía frustrada —y dolida, añadió para sí misma.

Él la miró con una expresión atormentada.

—¿Entonces, por qué te marchas?

—Tengo que seguir adelante, y el mejor modo de hacerlo es ayudando a otros. Tengo que distinguir lo que es importante de lo que no.

Él se sentó en la arena con las piernas dobladas y apoyó los codos en las rodillas, frente a las olas.

—He tenido una larga charla con una amiga… Cree que deberíamos intentarlo.

A Becca le temblaron las piernas.

—¿Tú y yo? —preguntó—. ¿Como pareja?

Él alargó la mano. Ella se la agarró y se arrodilló a su lado, asimilando lo que acababa de decirle.

178

–Quiero que estemos juntos –continuó él–. Quiero que funcione.

Becca lo miró perpleja.

–¿Qué quieres decir con «que funcione»?

–Quiero decir llegar a un acuerdo, un compromiso… tal vez vivir juntos.

Si Jack no se andaba por las ramas, tampoco lo haría ella.

–¿Quieres algo permanente?

Él frunció el ceño, pero no desvió la mirada.

–La chica de la que te hablé… Íbamos a casarnos al día siguiente –su mirada se perdió en el infinito, como si estuviera perdido en el pasado.

Becca sintió náuseas.

–Todavía la quieres –dijo Becca.

–Era mi mejor amiga. A veces me pregunto qué habría sido de ella si no me hubiera conocido. La presioné en exceso, aunque creía estar ayudándola. Quiero presionarte para que te quedes conmigo, pero una parte de mí me dice que es mejor dejarte marchar.

A Becca se le encogió el corazón. Nunca se había compadecido tanto por nadie. Se levantó y se obligó a pronunciar las palabras antes de que se le atascaran en la garganta.

–Lo único que te deseo es que seas feliz.

Él pareció más resignado que decepcionado.

–¿Qué es la felicidad?

–La felicidad es estar en paz contigo mismo.

Le dio un apretón en el hombro y se alejó.

Capítulo Diecisiete

Una semana después Becca estaba lista para hacer un anuncio. La subasta benéfica de la Fundación Lassiter había sido un éxito rotundo y se había recaudado una fortuna. La fundación no solo sobreviviría, sino que prosperaría como nunca estando otra vez Angelica al frente de Lassiter Media.

Pero aquella sería la última aparición en público de Becca como directora de la oficina de Los Ángeles.

Un momento antes Sarah le había sugerido que les dedicara unas palabras de agradecimiento a los invitados. Estaba de camino al atril cuando vio a alguien de pie al fondo del salón de baile.

Su imponente estatura lo hacía destacar entre el resto, y su impecable esmoquin realzaba su poderosa envergadura.

Se abrió camino entre la multitud, y en sus prisas chocó con la panza de un caballero y con la señora Abernathy y su vaso de ponche. Se deshizo en disculpas y siguió corriendo hacia la salida. El hombre estaba ya empujando la puerta.

–Jack. ¡Jack!

Él se dio la vuelta. Era endiabladamente atractivo.

–He intentado hablar contigo hoy –le dijo ella–. Me atendió tu secretaria… No sé como agradecerte tu generosidad.

–Me alegra que el arco y las flechas se hayan vendido a un buen precio.

–Nunca había visto una puja tan reñida. Me alegro de que vayan a un museo, aunque sea en el extranjero.

–Yo también.

Se sostuvieron la mirada con la música y el tintineo de las copas de fondo.

–Será mejor que vuelvas con tus invitados –dijo él finalmente, y volvió a girarse hacia la salida.

–¡Espera! ¿Sabes algo de Angelica?

–Hemos hablado hoy. Se siente como en casa ocupando el sillón de presidente. Sage y Dylan también están muy contentos por ella. No sé lo que será de Evan McCain, pero se rumorea que va a montar su propia empresa con el dinero que le dejó J.D. a través de ese anexo. Debe de ser una cantidad muy generosa, pero aún sigue muy afectado por todo lo ocurrido.

–Sería bonito que esos dos volvieran a estar juntos, pero entiendo las sospechas de Angelica y el resentimiento de Evan.

–Los milagros ocurren.

Miró hacia la puerta y Becca le lanzó otra pregunta.

–¿Cómo está tu hermano?

–Hablamos todos los días y veré a la familia al completo en Acción de Gracias. Luego vendrá la Navidad y me veré en un serio aprieto teniendo que elegir regalos para menores de dieciséis años.

–Te lo pasarás muy bien.

Sarah apareció junto a Becca.

–Siento interrumpir… Becca, necesitamos que anuncies la cantidad recaudada esta noche. El alcalde está a punto de marcharse.

–Voy enseguida.

–El deber te llama –dijo Jack–. Buena suerte.

Ella respiró hondo y sonrió tristemente.

–Lo mismo te digo.

Cuando el último de los invitados abandonó el salón de baile, Sarah le dio un abrazo a Becca.

–Ha sido la mejor recaudación benéfica de la historia.

Becca se echó a reír.

–Yo no diría tanto.

–Odio que dejes la fundación. Ha sido muy emocionante trabajar contigo y he aprendido mucho, pero te entiendo. Tienes cosas importantes que hacer, aunque imagino que debe de ser duro dejarlo…

–Encontraré otro trabajo parecido cuando regrese.

–Me refiero a Jack Reed. Entre los dos arde una química increíble.

Se despidieron y Becca bajó a la calle para pedir un taxi. El eco de sus tacones en el suelo de mármol resonaba en el gran vestíbulo. No quería irse a casa aún. Quería hacer lo que nunca se había permitido hacer: perder el tiempo viendo los escaparates de Rodeo Drive.

En la elegante calle se alineaban los árboles ilumi-nados y las boutiques de las mejores marcas del mun-do. Contempló las exclusivas prendas de ropa, las jo-yas, los bolsos de precios prohibitivos... hasta que un vestido le llamó la atención. Era blanco, con un cor-piño de satén adornado con cuentas de vidrio, man-gas abombadas y falda larga, reflejo de una época pa-sada en la que se educaba a las mujeres para ser delicadas y románticas con la esperanza de encontrar al príncipe azul.

Un vestido como aquel, un sueño como aquel, ne-cesitaba el anillo perfecto... y al novio perfecto.

Se imaginó con aquel vestido, el rostro radiante y los ojos llenos de amor. A su lado había un hombre, alto, moreno y fuerte, luciendo un impecable esmo-quin. Y entonces la imagen dijo su nombre y...

Alguien había dicho su nombre.

Se giró y sintió que le ardían las mejillas.

–Creía que te habías marchado.

Jack sonrió y miró el escaparate.

–Bonito vestido.

Echó a andar rápidamente, olvidándose del vesti-do, y Jack la siguió.

–Creía que estabas pensando en la boda de Feli-city.

–Oh, claro que no. Ella nunca se pondría algo tan... grande.

–¿Y tú?

Ella mantuvo la vista al frente.

–Puede.

–Era muy… brillante. Creo que nunca te he visto con ninguna joya, aparte de un reloj.

Ella aminoró el paso y lo miró con expresión desafiante.

–Quizá las esté reservando para una ocasión empalagosamente ostentosa.

–Un vestido como ese necesita un anillo igualmente especial –se detuvo y sacó un pequeño estuche del bolsillo–. Como este… –levantó la tapa y Becca se quedó boquiabierta al contemplar la joya que relucía en el lecho de satén–. Una perla y zafiros. Pero también te gustan los diamantes y rubíes, ¿verdad? –sacó otro estuche y Becca se quedó de piedra–. Vamos, ábrelo.

No, aquello no podía estar pasando. Un precioso diamante blanco engastado en un círculo de rubíes…

–Jack… –finalmente consiguió articular palabra–. ¿Qué es esto?

–Quiero casarme contigo.

Ella tragó saliva. Las emociones le oprimían la garganta.

–Nos dijimos adiós…

–Al fin lo he entendido. Es muy sencillo. Te quiero. Y si tú también me quieres, ¿por qué no intentarlo? –arqueó una ceja y se acercó a ella–. Tú me quieres, ¿verdad, Becca?

Los ojos le escocían por la amenaza de las lágrimas. Por mucho que intentara ocultar la verdad, todo el mundo parecía verla. Así pues, ¿de qué servía seguir negándola?

–Pues claro que te quiero… Tanto que me hace daño.

Los negros ojos de Jack destellaron de gratitud.

–Vamos a ponerle remedio ahora mismo.

Tomó posesión de su boca y las llamas prendieron por todo su cuerpo. Cuando Jack dejó de besarla Becca se sentía como si estuviera flotando en el aire.

–¿Cuál eliges? –le preguntó, manteniendo los labios casi pegados a los suyos.

No podía rechazarlo. Esa vez no. Quería decirle que lo elegía a él, que elegía el amor, pero Jack se refería a los anillos. Volvió a mirarlos y los ojos se le llenaron de lágrimas. Los dos eran preciosos.

–No creo que pueda elegir.

–Entonces tendrás los dos… en cuanto hayas dicho que sí –se guardó los estuches en el bolsillo y la estrechó entre sus brazos–. Te quiero, Becca. Quiero que seas mi mujer. No quiero perderte. No podemos perdernos.

–¿De verdad quieres hacerlo?

–De verdad –la besó en la frente–. Nunca he estado más seguro de nada.

–Con una condición…

Él sonrió.

–Claro.

–Que nos respetemos y honremos el uno al otro el resto de nuestras vidas.

–Tan solo te pido una oportunidad para demostrártelo.

–Y seremos los dos quienes pongamos las reglas.

—Solo tengo una.

—Dímela.

Él se la susurró al oído y ella se echó a reír.

—Creo que podré satisfacerte en eso –le puso la mano en la barbilla y sostuvo la mirada de unos ojos negros que brillaban de amor y adoración–. Supongo que a veces hay finales felices.

—Nena… –le murmuró él antes de volver a besarla–, ahora estoy seguro de que los hay.

No te pierdas *Ilusión rota,*
de Barbara Dunlop,
el próximo libro de la serie
DINASTÍA: LOS LASSITER
Aquí tienes un adelanto...

Había días en los que Evan McCain desearía no haber conocido nunca a la familia Lassiter. Y aquel día era uno de ellos. Gracias a J.D. Lassiter, a sus treinta y cuatro años tenía que empezar de nuevo a labrarse un futuro profesional.

Abrió la puerta de su viejo local vacío de Santa Mónica. Tendría que haber vendido el edificio dos años antes, al trasladarse a Pasadena, pero solo estaba a una manzana de la playa y era una buena inversión. Al final había resultado ser la decisión apropiada.

No tenia el menor propósito de tocar el dinero que le había dejado J.D. El testamento de su exjefe parecía una recompensa por la involuntaria participación de Evan en el maquiavélico ardid de J.D. para poner a prueba a su hija Angelica, su exnovia. Finalmente había superado la prueba, demostrando que podía compaginar el trabajo y la vida personal, y había sustituido a Evan al frente de Lassiter Media. Pero Evan se había llevado la peor parte, ya que no solo perdía su empleo sino la relación con Angelica.

Dejó la maleta en la recepción, encendió las luces y comprobó que había línea en el teléfono del mostrador. Estupendo. Tenía electricidad y estaba conectado con el mundo exterior. Dos cosas menos de las que preocuparse.

Las persianas de la puerta vibraron tras él cuando alguien entró en el local.

—Vaya, vaya, así que el magnate de las comunicaciones ha vuelto a sus humildes orígenes —era la voz de su viejo amigo Deke Leamon.

Sorprendido, Evan se giró y entornó la mirada contra los rayos de sol que entraban por la puerta.

—¿Qué demonios haces en la Costa Oeste?

Deke sonrió y dejó su bolsa de viaje junto a la maleta de Evan. Iba vestido con unos vaqueros descoloridos, una camiseta de los Mets y unas botas de montaña.

—Lo hicimos una vez y podemos volver a hacerlo.

Evan se acercó para estrecharle la mano a su antiguo compañero de habitación de la universidad.

—¿Hacer qué? En serio, ¿por qué no me has llamado? ¿Y cómo sabías que estaría aquí?

—Figúrate… Me pareció que este era el sitio más lógico, habiendo tantos recuerdos en Pasadena. Supongo que vas a vivir arriba una temporada…

—Buena deducción.

El apartamento era pequeño, pero Evan necesitaba un cambio de ambiente total e inmediato. Y Santa Mónica, aun estando tan cerca de Los Ángeles, tenía una personalidad propia.

—Me imaginé que estarías compadeciéndote y me he pasado por aquí para darte una patada en el trasero —continuó Deke.

—No me estoy compadeciendo —respondió Evan.

Así era la vida, y por mucho que se lamentara su situación no iba a cambiar.

Deseo

QUINN

En deuda con el magnate

EMILY McKAY

Su matrimonio nunca se había
consumado, porque el poderoso
padre de la novia lo había impe-
dido. Y después de ser expulsa-
do de la ciudad, Quinn McCain
se había propuesto olvidar a Evie
Montgomery. Años después, la
mujer con la que una vez estuvo
casado apareció en su oficina
para pedirle dinero. ¡Cómo habían cambiado las tornas!

A cambio de ayudarla, Quinn deseaba lo único que le había sido
negado, pero esa vez el juramento de amor no entraría en el trato.

Tendría su noche de bodas

Acepte 2 de nuestras mejores novelas de amor GRATIS

¡Y reciba un regalo sorpresa!

Oferta especial de tiempo limitado

Rellene el cupón y envíelo a

Harlequin Reader Service®
3010 Walden Ave.
P.O. Box 1867
Buffalo, N.Y. 14240-1867

¡Sí! Por favor, envíenme 2 novelas de amor de Harlequin (1 Bianca® y 1 Deseo®) gratis, más el regalo sorpresa. Luego remítanme 4 novelas nuevas todos los meses, las cuales recibiré mucho antes de que aparezcan en librerías, y factúrenme al bajo precio de $3,24 cada una, más $0,25 por envío e impuesto de ventas, si corresponde*. Este es el precio total, y es un ahorro de casi el 20% sobre el precio de portada. !Una oferta excelente! Entiendo que el hecho de aceptar estos libros y el regalo no me obliga en forma alguna a la compra de libros adicionales. Y también que puedo devolver cualquier envío y cancelar en cualquier momento. Aún si decido no comprar ningún otro libro de Harlequin, los 2 libros gratis y el regalo sorpresa son míos para siempre.

416 LBN DU7N

Nombre y apellido	(Por favor, letra de molde)
Dirección	Apartamento No.
Ciudad	Estado Zona postal

Esta oferta se limita a un pedido por hogar y no está disponible para los subscriptores actuales de Deseo® y Bianca®.
*Los términos y precios quedan sujetos a cambios sin aviso previo.
Impuestos de ventas aplican en N.Y.

SPN-03   ©2003 Harlequin Enterprises Limited

Bianca

Tan inocente, tan tentadora...

Después de haber levantado un imperio que se había convertido en sinónimo de excelencia, el formidable magnate Darius Sterne era un hombre acostumbrado a conseguir lo que quería. Siempre. Y en aquel momento quería a la exbailarina Miranda Jacobs... en su cama y suspirando de placer.

La virginal Miranda no podía resistirse al atractivo del taciturno multimillonario, pero temía que derrumbase las barreras tras las que escondía las cicatrices de su pasado. Sin embargo, ella no era la única que ocultaba un dolor profundo...

¿Podría el amor puro de Miranda redimir al oscuro Darius Sterne?

LA REDENCIÓN DE DARIUS STERNE
CAROLE MORTIMER

El misterio del gran duque
Merline Lovelace

El agente secreto Dominic St. Sebastian nunca había esperado convertirse en duque. Su nombre apareció en los titulares de prensa, y eso dejó su carrera como agente secreto en suspense. Y todo por culpa de la sosa de Natalie Clark, que desenterró la información y luego apareció en la puerta de la casa de Dominic con amnesia.

¿Podría ser que Natalie no fuera lo que parecía? Una cosa estaba clara: ¡su innegable atracción estaba a punto de llevarles a un viaje realmente salvaje!

¿Por qué la encontraba tan irresistible?

¡YA EN TU PUNTO DE VENTA!